遠賀川の流れ琵琶湖にそそぐ

HAGA Machiko
芳賀町子

文芸社

プロローグ

♪花嫁は　夜汽車にのって
とついでゆくの
あの人の　写真を胸に
海辺の街へ
命かけて燃えた　恋が結ばれる
帰れない　何があっても
心に誓うの

団塊世代なら懐かしい「はしだのりひことクライマックス」の「花嫁」。フォークソングメンバーから精神科医に転じた北山修（きたやま　おさむ）が作詞し、１９７１（昭和46）年にヒットした。「駆け落ち」をモチーフにしながら、明るいアップテンポのメロディには悲壮感よりみずみずしい若さがあふれる。社会人になったばかりの私が時々口ずさんでいた歌だ。

大正時代、この歌詞を地でいく人が身内にいた。

良家のお嬢様と屋敷に出入りする若き庭師の恋物語。小説やオペラになりそうな「禁じられた恋」は鹿児島県の片田舎、宮崎県境に近い曽於《そお》郡末吉村が舞台であった。私の祖父母、福吉辰之助とフクミが主人公。まだ10代の2歳違いの相思相愛カップルであった。

母から聞いた話である。

フクミはその土地の有名な素封家、吉村家で生まれた。大きな屋敷には、広い庭がありたくさんの樹木が植えられていた。季節に合わせて行う庭木の手入れには毎年多くの庭師が呼び込まれていた。

そんな庭師の一人が辰之助。幼さが残るものの目鼻立ちはくっきりとし彫りの深い顔つきは、いかにも南国生まれらしい。10代という若者だけに、剪定、枝打ち、草刈りといった作業ぶりと、凛々しい地下足袋《じかたび》、ゲートル姿は周囲の目を引いた。

吉村家の五女として生まれたフクミは、末っ子らしい天真爛漫さを持っていながらも高等女学校を卒業した才媛だった。良家のお嬢さんらしい品の良さがあり、時々見せる笑顔はお人形さんみたいと言われていた。

庭ではつらつと働く若者と、それを眺めるうら若い娘。時折交わす言葉のひと言、ふた言が2人の胸に波風を起こし、小さな恋が芽生えていくのに時間はいらなかった。

〝胸が高鳴る〟〝振り払っても、振り払っても頭から消えない〟。2人の思いは日に日に募り、いてもたってもいられない情熱の嵐となった。「離れられない」「そばにいたい」。焦がれる思いはとめどなく高まるのであった。

一方、複雑な思いで見ていたのはフクミの両親であった。「結婚なんてとんでもない。許しません」。行き詰まった2人は密かに駆け落ちを企て、鹿児島脱出を決めた。

明治時代の富国強兵策が実を結び、近代産業が勃興してきた当時、福岡県の筑豊地方には石炭産業を担う人々が九州各地から集まってきていた。

〝筑豊に行けば何とかなる〟。庭仕事で鍛えた体なら筑豊の炭鉱で働くことも無理ではない。こう考えた辰之助はフクミと手を取り合って逃避行に打って出た。鉄道も整備されていないその頃、古里を飛び出すにはかなりの勇気がいった。リヤカーに家財を積み込み2人は密かに出発、北へ向かった。身を隠しながらの逃避行。各地を転々としながら落ち着いたところが福岡県遠賀《おんが》郡中間《なかま》町、今の中間市だった。

2人が歌のように夜汽車に乗ったかどうかは定かでない。しかし、心情的にも物理的にも「帰れない、何があっても」という状況は歌詞と同じであったろう。

中間に落ち着いた2人は、ともに町内の大正鉱業の中鶴炭鉱で働き始めた。辰之助は炭鉱夫、フクミは石炭を洗う仕事であった。そして結婚。戸籍では1915（大正4）年1月13日に婚姻したことになっているが、実際はそれより前に2人だけで誓いを立てた結婚であったろう。辰之助20歳。フクミは18歳になろうとする時であった。

戸籍によると婚姻した2日後に長女が生まれている。その後も長男、次男と次々に子どもが生まれ3男3女の親となった。

日清、日露、さらに第1次世界大戦と3度の戦争勝利で欧米列強と肩を並べるようになったその頃、日本は経済力も増し、大正ロマンの花が咲き誇っていた。筑豊炭田でも爆発的に拡大する工業化の波に押され、生産量を増大させ活気に満ちていた。朝鮮人炭鉱夫たちも多くなり、フクミやその家族たちは独身の炭鉱夫たちが住む寮での仕事に変わり、食事や家賃管理など生活一切の切り盛りをしていた。特にフクミは高女卒というキャリアを生かし、下働きを何人か使って忙しく立ち働いていた。

そんなある日、独身寮で働きたいという一人の女性がやってきた。名前は照子といった。器量も良く一生懸命働く照子を気に入りフクミは可愛がった。

「よし、文行と照子を一緒にさせよう」。文行は三男である。照子より8歳上であった。軍隊に応召していた文行は、中国戦線に従軍して不在だったが、写真を見せ、照子を納得させた。

第2次世界大戦における日本の敗戦が色濃くなる中、文行は中国大陸を転戦しながらも生き抜いて1945(昭和20)年9月13日に復員。大正鉱業に職を得て同じ炭住(炭鉱住宅)に暮らし始めた。照子とも意気投合し結婚した。文行25歳、照子17歳の時だった。

その後、文行、照子の2人の間に3男1女が生まれた。その中の1女が私、町子である。

1950(昭和25)年1月10日。祖父母の婚姻から35年の歳月が流れていた。

目次

第1章　貧困の中

ハモニカ長屋

「村子《むらこ》」のあだ名も

大正鉱業の炭住。壁1枚で仕切られ、隣の声がまる聞こえのハモニカ長屋の一角で私は産声を上げた。上から3番目。待望の「長女誕生」と父は大喜びした。

「町子」の名をつけたのは父である。「待ちに待った女の子」という意味で「まつこ」とつけたかったらしいが「中間町」の「町」の字を取り入れ「町子」にしたという。

実をいうと、この名前は嫌いだった。

こんな訳がある。

3歳か4歳の頃である。当時、ラジオや映画で「君の名は」というドラマが大人気であった。主人公は真知子と春樹。「まちこ」という名前を聞けば誰もが「真知子」を連想するほどだった。

そのせいであろう。私が母について買い物に行くと、魚屋の店員が「いらっしゃい、いらっしゃい、そこのハルキさん、この蛸は美味しいよ」と私に向かって声をかける。「ハルキって何」と聞くと母は店員と顔を見合わせクスクス笑った。「自分の方こそタコだ」。心の中で店員をぐっと睨み返したが、店員は相も変わらず「ハルキさん、まちこさん」と繰り返した。

どうして子どもの私にハルキさんなどと言ってからかうのか。私は腹が立って仕方がなかった。

学校でも嫌な目に遭った。授業中のことだ。横の席の人と私語をしていたのだろう。先生は怒って私の前に仁王立ちになり、腕を組んでこう言った。

「君の名は町子。町という字は賑やかなイメージがある。だからお前はやかましい。うるさくしないためにも名前を《町》から《村》に変えるべきだ」

私はあ然とした。クラスのみんなは一斉に声を上げて笑った。それから悲惨にも私のあだ名は「村子」になった。学校の帰り道、わんぱくどもに「むらこ、むらこ」とはやし立てられた。石を投げて追い払う日々が続いた。

しかし「町子」が好きになる日がやってきた。子どもも大人も好きなアットホームな漫画「サザエさん」の原作者が長谷川町子であることを知ったからだ。読みも文字も同じ。この名前を見つけた時、こんな面白い漫画を描く人と全く同じなんだと思い、嬉しさが込み上げ誇らしく思えた。

一家は6人

私が中学2年まで暮らしていた炭住は1棟に8軒が連なり、ハモニカのように八つの玄関が並んでいた。玄関を一歩出ると、長屋の人たちと目を合わせ挨拶を交わせる交流豊かなハモニカ長屋だった。

家の中は土間の台所と畳1畳分の板の間、4畳半と6畳の間、狭いくみ取り式トイレがあった。私が生まれた3年後には三男の弟が生まれ、この住宅に家族6人が暮らしていた。台所にはかまどがあり、ここで火をおこし、ご飯を炊いておかずを作った。

4畳半には整理ダンスと父の机があり、6畳には洋服ダンスと整理ダンスがあった。父が作った掘りごたつがあり、そのテーブルが食卓であり、勉強机でもあった。近所ではちょっと珍しく蓄音機もあり、ラジオも聴けた。父の机の引き出しには、若い頃に修業した時計修理の部品がいっぱい詰まっていた。居間兼仕事場であり、大人も子どもも入り交じって出入りする多目的空間だった。

自前で食材

みんなが貧しい時代。食事は、ご飯に汁物、煮物、小魚が主であった。鶏肉は食べたが、牛肉を食べることはなかった。牛乳も飲めなかった。いつもひもじかった。好き嫌いを言える余裕はなく、今でも嫌いな食べ物はない。

「少しでも足しになるなら」と、セリ、土筆《つくし》、ヨモギ、フキ等々、食用になる草を採りに出かけた。春には遠賀川の土手にいっぱい土筆が生えていた。近所の子を誘って母と一緒に出かけ、籠《かご》いっぱい土筆を採る。土筆の頭を取り、周りの袴《はかま》を取り、それを油で炒めて醤油《しょうゆ》で味をつけて食べた。少し苦いが、ご飯と一緒に食べると美味しかった。筍《たけのこ》も山に採りに行った。土を深く掘り、途中で折らないように慎重に取った。朝、昼、晩と筍ばかりが食卓に上り、いい加減嫌だったこともある。

蓮根《れんこん》を採りに行ったこともある。母子で服のまま池の中に入っていく。長靴の中に泥水が浸みる。服もみるみる黒く染まってくる。ぬるぬるの泥の中に手を入れて下から持ち上げて掘る。足を滑らせたら一気に泥水を飲んでしまう。掘り出す力加減が難しかった。

手も足も泥だらけで、炭鉱夫と同じようになった。着替えもそこそこ、蓮根をタワシでごしごし洗った。それを砂糖と醤油と出汁《だし》汁でコトコト煮る。夕食のおかずは蓮根のオンパレードとなった。「兄ちゃんが採った蓮根ぞ」と大きい蓮根を自慢し合い、賑やかな夕食になった。

ボタ山で宝探し

バケツとスコップを手にボタ山にも登った。ボタとは石炭のこと。鉱山で掘り出したものの燃料として使えない質の悪い石炭を積み上げたのがボタ山だが、その中にはちゃんと燃える石炭も混じっていた。それを我が家の燃料として、煮炊きや暖房に使うのだ。

地熱が残るボタ山は少し熱いが、私は兄と競争しながら頂上を目指し、しゃがんで「獲物」を探した。時々見つかる鉄片はくず鉄屋がそれなりの値段で買ってくれ、大事な現金収入の元だった。わずかであっても家計の助けになる。見つけると「あった、あった」と大喜びで袋に詰めた。こんな日はご飯のおかずが1品増えた。

ボタ山には遠くからもたくさんの家族が集まった。炭住の住民にとって「宝の山」なのであった。

初デパートで人形

おもちゃ売り場に行くことなどなかったが、5歳頃、一度だけわがままを言って、買ってもらったものがある。福岡市にデパートがオープンしたというので、母に連れられ、生まれて初めて出かけた。

見て歩くだけのつもりだったのに、私はショーウインドウの中にある人形が欲しくてたまらなくなった。スポイトのようなミルク瓶で口から水を入れると体内を通っておしっことして外に出るしかけであった。「ミルク飲み人形」と言ってその頃流行っていた。

「ねえ、買ってよ」と私は売り場の床に座り込み、泣きわめいた。

親は多分困ったであろう。「わかった」と言って買ってくれることになった。しかし、最初に見つけた高さ40センチくらいの人形は値段が高かった。仕方なく15センチくらいの小ぶりの人形で我慢した。

それでも嬉しかった。妹のように大事に扱った。母は私の古着をつぶして人形の着物や布団、枕を作ってくれた。人形のおかげで私は「ひとり遊び」を覚えた。遊びのレパートリーが広がり、想像力はドンドン膨らんでいった。

きょうだいの中で女1人の「特権」。兄も弟も人形に興味を示さず、取り合って喧嘩することはなかった。

プロレス、ザリガニ捕り

兄や弟とする最も好きな遊びはプロレスだった。畳をリングに見立て、きょうだいでタッグを組んだ。次兄と私が同じ組、長兄と弟がもう一方の組。年齢に応じて力が均衡するよう考えた。組み押さえられ、危ない時には足を畳の黒い縁《へり》にかけて「ロープ、ロープ」。すると、足と手でタッチして兄と交代する。兄は勢いよくやって来て相手をドタン、バタンとやっつけてくれる。「兄の威厳」の見せどころだ。プロレスは主に雨の日に近所の子と遊べない時にしていた。

晴れた日には、兄たちにザリガニ捕りに連れて行ってもらった。「共食い」の習性を利用するので、ちょっと残酷だった。まず、棒の先に糸をつけ、あらかじめ捕まえたザリガニを結びつけおとりにする。これを池の中に浸けておくと貪欲なザリガニが「ガブリ」と飛びつく。「ここぞ」とばかりに糸を引き上げ、見事ザリガニを捕まえるというわけだ。

習性とはいえ、仲間を食べ、腹を満たさんとするザリガニは残虐と言うべきか、悲しい性《さが》と言うべきか。私は兄から捕まえ方を伝授してもらったが、共食いさせるやり方がもうひとつ好きになれなかった。

昔話やラジオで想像力

テレビがなかったので、父や母が昔話をしてくれた。大抵は夜寝る前であったがワクワクする気持ちで聞いた。「因幡の白兎」や「桃太郎」「竹取物語」「浦島太郎」など日本の昔話、神話を題材にした話が多かった。

実物の絵本を持って読んでくれるのでなく、身振り手振りを交えて聞かせてくれるのである。絵を見ることはできないが、その話しぶりからイメージが大きく広がった。「桃太郎は持って帰った宝物をどうしたのだろうか」「みんなに分け与えたのだろうか」とか「月に昇ったかぐや姫は、もうお爺さんやお婆さんに会いに来なかったのか」と話の続きをよく考えた。自分の頭の中でいろんな話を作り出し、想像することも面白かった。

家に1台あるラジオからは美空ひばりの歌が流れていた。好きな番組に「二十の扉」というのがあった。出演者が質問して引き出すヒントの扉を一つひとつ参考にしながら答えを出すというもので、少ない扉で正解を出した方が勝ちという番組だった。耳で聞き、思いを巡らし、考える力を大いに養えたと思う。

鶏をつぶしてごちそう

正月になると家族そろってバスに乗り、母方の親戚の家に出かけ、皆で新年会をした。祖父母からお年玉をもらい、お節料理のごちそうを食べた。父親の働く炭鉱の景気がいい時は、オーバーやジャケットなど新しい服を買ってもらい、おめかしをして出かけた。

正月以外にも時々親戚同士の集まりがあり、鶏を1羽つぶしてくれた。鶏をさかさにして足を持ち、よく切れる包丁で首を「スパッ」と切り落とした。滴る血を見ながら鶏の毛を手でむしり取る。毛はそこいらに飛び散るが、そんなこと気にせずとにかく毛を取ることを繰り返す。子どもは毛を口で吹いて遊びながら、鶏が丸裸になるまで待ち続ける。首なしの裸鶏は台所に持ち込まれて細かく刻まれていく。

鶏肉は「がめ煮」（筑前煮）の材料だ。大根と芋、人参や昆布、蓮根などと一緒に鍋で炒められ、醤油やみりんを入れて煮ると出来上がる。刻まれた鶏肉は「かしわ飯」にも使われる。昆布を出汁に使い、醤油や酒と一緒に炊くと出来上がりだ。

大皿にがめ煮がどんと盛られ、ご飯茶碗にはかしわ飯。酒盛りの準備も整い、大人も子どもも低いテーブルに着く。大人が酒を飲めば、子どもは歌い、踊り、一気に盛り上がる。日頃の憂さを晴らすようにこの日ばかりは無礼講だった。

大人たちが酒盛りをしている間に、子どもは近くの神社でかくれんぼや鬼ごっこ、あるいはメンコ、ビー玉遊びもした。顔を赤く染めた大人たちは、親戚、近所の噂話やよもやま話で時間を忘れ、家に帰る頃にはとっぷり日が暮れていた。

勉強は二の次

父の兄に子どもが2人いた。母親を早く亡くし、義理の母を迎えたところだったが、この2人のいとこが鶏の世話をするなど大変な働き者であった。酒盛り時は決まって孝行息子が話題になり、母から「2人の爪の垢《あか》でも煎じて飲め」と事あるごとに言われた。

それぞれの親は子どもを語る時、勉強ができるとかできないとかで評価しなかった。むしろどの子が一番親孝行をしているかということが評価の対象になっていた。

親戚の子どもたちは皆私の父が好きだった。父は子ども好きで、よく子どもの輪の中に入って遊んでくれたからだ。

反対に母は、子どもたちにとって怖いおばちゃんだった。部屋の中でドタバタ遊んでいると箒《ほうき》で頭をコツンとたたかれた。母が私たちと一緒に遊ぶことはあまりなかった。

手作りで水着

夏の唯一のレジャーは海水浴だった。母が青い布地を買ってきて、胸の部分に足踏みミシンでゴムを入れて、水着を作ってくれた。手作りの水着には腰のあたりに可愛いスカートがついていた。私のお気に入りだった。

家族旅行なんてほとんどなかったが、夏の暑い日に蘆屋《あしや》の海にバスに乗って行ったことがある。遠賀川河口の西、広い砂浜が有名な海水浴場のあるところだ。

炎天下、私たち家族は砂浜で、茣蓙《ござ》を敷いておにぎりを食べた。持ってきた豆菓子は、海の水に濡れるといい具合に塩味がついた。そんなささやかなひとときが楽しく、粗末な食べ物もすべてが美味しかった。

川筋もんの共同体

本音で生きる

遠賀郡中間町は古代から農耕文化が生まれた肥沃な土地であった。我が家の西は石炭産業を発展させた重要な水運、遠賀川が流れていた。物心ついた頃には家の周囲にボタ山があちこちに聳《そび》え立っていた。１９５８（昭和33）年の市制施行時の人口は約４万６千。俳優・高倉健の出身地でもある。

遠賀川近くに住む私たちには川筋根性が据わっていると聞かされた。川筋根性とは「本音で生きる」とでも言うのか、自分を飾ったり、お世辞を言ったりしない生き方を指すらしい。また「男気があって人情深い」性格であり、喧嘩っ早いがあっさりし、根に持たない性分を指した。母は私が喧嘩をして泣いて帰ってくると「泣くぐらいなら泣かせて来い」と言っていた。

私の強さはこんな風土の中から作られたのかもしれない。家の周りには「川筋もん」があちこちに住んでいた。

遊びはいっぱい

炭住には子どもがたくさんいたので、朝から晩まで遊び相手に不自由することはなかった。男子も女子も、まるで兄弟姉妹のようだった。

ままごと遊びや、鬼ごっこ、ゴム飛び、バドミントン、竹馬、缶蹴り、石投げ、メンコ、まりつき、陣取り、ドッジボール、ケンケン飛び、お手玉……。内容は豊富だった。地面にロウ石で絵を描いたりもした。

ポケットの中にはビー玉がいっぱい入っていて歩くたびにじゃらじゃらと音を立てた。ビー玉ゲームは、指ではじいて相手のビー玉に当てると、そのビー玉がもらえるルール。上手な子のポケットはそんなビー玉で膨らんでいた。メンコでも取り合いをするので、うまい子にはメンコも増えていった。

おやつ代は一日5円

高価な遊具は誰も持っていなかった。遊び道具は自分たちで作った。石けりの石は工夫して磨き上げた。水で洗い、コンクリートの壁や路面で何度もこすって丸くする。全体がなめらかになって地面を滑り、うまく蹴れるのだ。これこそ「マイストーン」、磨かれた石は「宝物」だった。

遊び方も、自分たちで考え、人数や年齢に応じたルールを決めた。工夫や知恵が道具と混然一体となって、子どもと一緒に動き回っているという感じであった。

一日のおやつ代は5円だった。駄菓子屋に行くと、糸のついたくじ飴があった。自分で選んだ糸を引くと先には飴がついていて、当たりの時は大きく、はずれの時は小さかった。

夏にはアイスキャンディー売りの自転車が箱を荷台につけてきた。5円で1本買えた。食べ終えた時、棒に「当たり」の焼き印が押されていると、次回に1本くれる。大事に取っておいて、次に売りに来るのを楽しみにした。

分厚いコミュニティー

炭鉱長屋には、どれくらいの人が住んでいたのであろうか。炭住街は見渡す限り広がり、今で言えばニュータウンの趣であろうか。そこには一種の炭住文化も花開いていた。

「うー、うー、うー」

正午になると、煙突につけられたサイレンがうなりを上げる。大きな音は地下の炭坑で働く人にも届くようにする配慮だ。同時に炭住に住む人たちの意識を一つに集め、地域連帯感を浸透させる作用もあった。

ハモニカ長屋の向かい合った棟の間が子どもの遊びの空間になっていた。近くには水場があって、母たちは、そこの共同井戸でたらいと洗濯板を持って洗濯し、野菜の泥を落としながら井戸端会議をしていた。

少し離れた一角にはやや広い空き地もあり、チンドン屋や大道芸の人たちが、踊ったり、歌ったりしながら商品の宣伝をしていた。ショーのようなものも時々あり、サムライ姿で刀を振りかざすチャンバラ芸を見たことがある。ラジオ体操の場でもあり、夏には大スクリーンが登場、映画場にも姿を変えた。

炭住で学んだ社会

私たち子どもは集団生活やルール、人との付き合い方を炭住で学んだ。悪いことをすると大人は他人の子どもでも叱った。自分の子とだけでなく、他人の子とも一緒に遊ぶ大人がいた。

近所同士で家事の手伝い合いもした。子どもたちは、どの家の赤ちゃんも代わりばんこに紐でおんぶして子守りをしながら遊んだ。年上の子も年下の子も一緒に手伝った。たまに喧嘩や、いじめがあったが、年上の子がとりまとめに入り、叱ったり、ルールを教えたりし、それなりに秩序が保たれていた。子どもの喧嘩に大人が入ることはなかった。

家の前にはバンコ（木製の簡易な長椅子）が置いてあって、夏の暑い時には皆家から出てきて団扇《うちわ》で扇ぎながら将棋をしていた。兄などは近所のおっちゃんを相手にメキメキ腕を上げた。

花火も誰かがやりだすと大人も加わった。バドミントンなんかは家と家の間に紐を張って親と子のダブルスで戦った。家は狭いが、外にはそれなりの空間があった。

ハモニカ長屋前で、母に作ってもらった服を着る著者８歳（右）と弟の秀幸４歳。
左端は共同の洗い場で、水をくんで洗い物をしたり、井戸端会議をしたりした

地域挙げて運動会

小学校の運動会は町を挙げての一大イベントだった。業者に作らせた入場門は立派なものだった。朝から空砲の合図が鳴り、家族皆が来て、茣蓙を敷き、場所取りをした。前夜から徹夜する親もいた。母は朝からごちそうをいっぱい作り持ってきた。父はそれを肴《さかな》に酒を飲んでいた。運動会は子どもの競技だけではなく地域対抗のリレーもあり、盛り上がった。

中間小学校で体育競技が盛んだったのは昭和初年頃からで、炭鉱の発展とともに児童が激増、50人のクラスが1学年に八つあるのが普通で、体育熱も盛んになった。子どもの紅白の勝負に保護者の応援はもちろん、地区対抗リレーになると、熱狂ぶりは頂点に達した。思い思いののぼりや旗を振り回し、大声の声援を送った。お酒の酔いも手伝い、各所で喧嘩を始めることもあり、てんやわんやの大騒ぎになった。

鎮魂の盆踊り

梅雨の晴れ間、6月になると地区の広場に音楽が流れ、盆踊りの練習が始まる。夕方、

郵便はがき

料金受取人払郵便

新宿局承認

7553

差出有効期間
2024年1月
31日まで
(切手不要)

160-8791

141

東京都新宿区新宿1－10－1

(株)文芸社

愛読者カード係 行

お名前《ふりがな》		明治 大正 昭和 平成	年生 歳
ご住所《ふりがな》	□□□-□□□□		性別 男・女
お電話番号	(書籍ご注文の際に必要です)	ご職業	
E-mail			
ご購読雑誌(複数可)		ご購読新聞	新聞

最近読んでおもしろかった本や今後、とりあげてほしいテーマをお教えください。

ご自分の研究成果や経験、お考え等を出版してみたいというお気持ちはありますか。

ある　ない　内容・テーマ(　　　　　)

現在完成した作品をお持ちですか。

ある　ない　ジャンル・原稿量(　　　　　)

書　名			
お買上 書　店	都道 府県　　　　市区 郡	書店名	書店
		ご購入日	年　　月　　日

本書をどこでお知りになりましたか?

1.書店店頭　2.知人にすすめられて　3.インターネット(サイト名　　　　　　　　)

4.DMハガキ　5.広告、記事を見て(新聞、雑誌名　　　　　　　　)

上の質問に関連して、ご購入の決め手となったのは?

1.タイトル　2.著者　3.内容　4.カバーデザイン　5.帯

その他ご自由にお書きください。

(　　　　　　　　　　　　　　　　　　　　)

本書についてのご意見、ご感想をお聞かせください。

①内容について

②カバー、タイトル、帯について

弊社Webサイトからもご意見、ご感想をお寄せいただけます。

ご協力ありがとうございました。

※お寄せいただいたご意見、ご感想は新聞広告等で匿名にて使わせていただくことがあります。

※お客様の個人情報は、小社からの連絡のみに使用します。社外に提供することは一切ありません。

■書籍のご注文は、お近くの書店または、ブックサービス(0120-29-9625)、セブンネットショッピング(http://7net.omni7.jp/)にお申し込み下さい。

大人に交じって子どもたちが集まりだし、見よう見まねで覚えていく。本番は8月13日から15日まで。子どもたちは炭坑節などを大きな輪を作って踊った。

地域の絆をつなぐ盆踊りだが、筑豊には独特の意味が加わっている。事故と背中合わせの炭鉱作業。私たちの住む炭住では事故で亡くなった人の弔いの踊りが毎年のように行われた。

踊り手は子どもが中心の約50人。広場に三々五々集まり、輪を作って踊りだすが、すぐさま広場を離れ、その年に事故で亡くなった人の家の前で踊り始める。音楽はリヤカーに積んだテープレコーダーで流す。炭鉱の事故は一度に大勢の人が亡くなることが多い。それだけにお盆の3日間は目いっぱい踊り、へとへとになるくらいだった。この時、踊ってもらった家からは「お花代」と呼ばれるお金が出される。

後日、盆踊りをした子どもたちはそろって貸し切りバスで北九州市にある動物園に連れて行ってもらったことがある。小学校4年生か5年生の頃だ。多くの子は家族と一緒に遊びに行く贅沢はなかったのでこの遠出を喜んだ。「お花代」を集めてある程度貯まると、こんなふうに使われたのではないだろうか。

幼女から少女へ

パーマでピカピカ

小学校入学式の前日、パーマ屋で働いている友達のお母さんが、晴れ舞台のためにパーマをかけてくれることになった。当時は「こて」という柄のついた鉄の道具を火で熱し、髪に当ててウェーブを作る方法だった。こてを、少し伸びかけた私の髪にぐるりと巻いて当てるとジューッという音とともに焦げるような臭いが辺りに漂い、髪にカールができた。小さな頭が3倍にも5倍にも大きくなった。

ヘアースタイルの変わった自分を見て、明日からは違う生活が始まることを思った。家に帰ると私の頭を見た家族は、その変身ぶりに驚いたり心配したりしたが、私は平気だった。みんなと違うスタイルで小学校のスタートを切れる思いが髪のパーマにあふれているような気がした。

お古の教科書

1956(昭和31)年4月、中間市立中間小学校に入学した。入学前にすべり台から落ち大怪我を負ったがそれも治り、近所の子どもたちと一緒に小学校に入学できたことは「不幸中の幸い」だった。今のように無料で教科書を配ってくれる時代ではない。1、2年生の時は、一つ上のいとこから教科書をもらった。教科書には、いろいろな書き込みがしてあって、役に立つこともあった。

教室にはこういう子がたくさんいたので気にはならなかった。新品を買うようになったのは3年生からだった。

服装は自由でよかったが、大抵は母が自分のものを私用に作り変えてくれた。

先生は年配の女の先生で母より少し太っていて、いつもニコニコ笑っていた。クラスも炭鉱の子が半分以上で、残りは商店街の子だったと思う。

就学前教育を保育園や幼稚園で受けている町の子は場慣れしていた。勉強もすぐ理解しているようだった。

嬉しかった給食

4年生の2学期から給食が始まった。それまでは家から弁当を持ってきて食べていたが、弁当を持ってこられない子は給食時に教室から出て中庭で水道の水を飲み、犬と遊んでいた。

嫌いなものは何ひとつなかった。食べられることが嬉しかった。ひもじさを知っているから好き嫌いの選択に迷う必要はなかった。「学校で何が一番好き？」との問いには「給食」と答えたに違いない。自分の学校の分を調理する自校方式だったので、4時限目頃から美味しそうな匂いが漂った。授業中に「今日は芋が入っているな」とか「魚の料理かな」といろいろ想像して待ち遠しかった。

八宝菜がよく出た。いろいろな野菜がいっぱい入っていて嬉しかった。鯨の肉もよく出た。他にも家では食べられないものが出た。カレーの中にも鯨の肉が入っていて、よく噛んで食べた。貴重なタンパク質だ。団子汁や、がめ煮などの郷土料理も出た。給食はバラエティに富み、いろいろな野菜が登場した。

脱脂粉乳が出た。表面にいつも白い膜が張っていた。脱脂粉乳が嫌いな子もいたが、私は手を挙げておかわりをした。

給食のおかげで、弁当がなくて教室から出ていく子どもはいなくなった。皆で温かい同じ食べ物を食べられることに幸福を感じる時代だった。

学校では箸《はし》を使わず先割れスプーンを使って、ご飯も麺類も食べた。箸を使って食事をするという日本の伝統文化は、給食の中では指導されなかった。

放課後、日本舞踊も

掃除時間が、なぜか楽しかった。遊びながら掃除をした。

学校から帰って真っ先に遊びに行った。野原で花摘みをしたり、ままごと遊びをしたり、友達の家に寄っておやつを食べさせてもらったり、遊び友達はたくさんいた。

日本舞踊を教えている親を持つ友達と仲良くなった時があり、学校帰りに一緒に踊りを教えてもらった。1カ月ぐらい練習し、発表会の時には立派な舞台衣装を着て舞台で踊った。股旅物だった記憶がある。お金はないので、友達の家が負担してくれたのであろう。私の親は大変喜んでいた。

国語好き、算数苦手

好きな教科は、国語だった。自分の思いや考えを言うことが好きだった。算数のように、答えが決まっていないのも魅力だった。音読をよくした。声を出して文章を読むと、その言葉は普段の生活の中で自分のものとして生きた。6年生の時、創作劇に出た。太陽が出てこなくなるというようなストーリーで、私の役はヒマワリ。黄色のスカートに針金を入れて立ち、セリフは「太陽さん出てきてください」というひと言だった。

嫌いな科目は算数だった。計算は好きだったが、応用問題が苦手だった。

得意だった絵

絵が得意だった。母親譲りだったのだろうか。

母がチラシの裏に着物姿の女性を描いてくれたことがある。鉛筆だけで描いた、黒の濃淡を生かした繊細な絵だった。とても上手だった。花嫁姿で結婚式を挙げられなかった母の願望だったのかもしれない。

私はその絵を真似して描いた。「好きこそものの上手なれ」で、好きなことはどんどんうまくなった。母から絵がうまいと褒められた。うまく描けた絵は家の中に貼り出してくれた。それが励みでまた絵を描いた。狭い私の家の中で自分の絵が光を浴びるのが嬉しかった。

学校でも私の絵が教室の壁に貼られた。私は、貼ってもらいたくて風景や人物の絵を丁寧に描くようになった。

そのうち展覧会に応募させてもらい、賞に入るようにもなった。賞状と一緒にクレヨンや絵の具、色鉛筆などの賞品をもらった。親からなかなか買ってもらえないので嬉しかった。また絵を描いた。この原動力になったのは何より母が褒めてくれたことだった。

親が褒めた皆勤賞

小さい時から体を動かすことが好きだったから体育の授業は嬉しかった。逆上がり、5、6段の飛び箱も難なくできた。かけっこも得意だった。運動会の思い出は多い。運動会で、走ったあとに鉛筆やノートをよくもらった。

成績は良く、勉強ができる方だった。クラスの級長にもなり、バッジを胸につけた。

1年生から6年生まで1日も休まずに学校に通ったので皆勤賞をもらった。勉学にあまり関心を示さなかった両親だったが、これには大変喜び、褒めてくれた。

山のような家事

弟が小学校に入った頃、石炭業界の雲行きが悪くなり、母は家計を助けるために石炭洗いの仕事に行きだした。家に母親がいなくなり、帰っても「おかえり」と言ってもらえなくなった。見かねた友達のお母さんが時々おやつをくれた。トマトを細かく刻んで少し砂糖をかけてくれた。美味しいおやつだった。自分の子どもだけでなく周りの子どもにも目を配る、そんな環境の中で大きくなっていった。

小学校4年生頃になると、私にはたくさんの仕事が課せられた。学校から帰ると、洗濯物を取り込み綺麗にたたんだ。箒《ほうき》で部屋を掃き、雑巾で拭き掃除もした。米をとぎ、火をおこすのも大事な仕事だった。

火をおこすのは手間のいる仕事だった。スイッチひとつで火がつく今と違い、その頃は「七輪」で火をおこした。七輪に豆炭を置き、隙間に詰めた紙や木切れに火をつけて豆炭に移していく。団扇で扇いだり、煙突を立てたりしなければならない。風の強い日は危ないし、風のない日にはなかなか火がつかず、想像以上に難しい。だけど火をおこしておかないと母の料理が遅れていくのでサボることはできなかった。

風で煙突が倒れ大やけどをした子とか、七輪のそばにいて着物に火がつき足に大やけどをした女の子の話も聞いた。

兄たちや弟にも手伝いは課せられていた。布団の上げ下ろしやまき割りなどがあった。しかし私の家事の量の多さに比べれば男兄弟は少なかった。食事のあとの茶碗洗いも必ず私の仕事だった。

親は生活面に関心

自分が生まれた環境は良かったとは言えないが、楽しかったことも事実だった。子どもの数が多く、同じ年頃の子と、ともに生き、関わって過ごしてきた。教室が足りないので体育館を四つに区切った仮教室だった。全校集会は外で行われた。暑い日もずっと立って校長先生の話を聞いた。

この体験があったからこそ、人と人との付き合い方を学び、自分より小さい子どもや弱い子を大事にする気持ちが培われたと思う。今でも一緒に遊んだ仲間は、みんなの思い出の中でつながっている。

私の親は、成績にはあまり関心を示さなかった。それより生活面での評価を気にしていた。先生の書く言葉や、基本的な生活態度に重きをおいていた。協調性がないなど生活面での罰点があると、母からよく注意された。反対に父からは褒めて励ます言葉しか聞かされなかった。

第2章　荒れる濁流

不況の嵐

大正炭鉱閉山

戦後復興を担った石炭産業は、まもなく石油に転換というエネルギー革命にさらされた。1959（昭和34）年、私が小学校4年生の時、三池闘争が始まり、筑豊の中小炭鉱では失業者があふれた。大手はもちろん、どこの炭鉱も合理化や閉山の嵐が吹き荒れた。

父の勤めていた大正鉱業（大正炭鉱）は大手18社に数えられ、年産50万トンを誇る中間市の基幹産業であった。しかし、不況の波は容赦なく襲い、1960（昭和35）年の第1次合理化案を皮切りに退職者募集、賃金の遅配、欠配などが始まった。

大正鉱業に関係する人口が中間市の3割近くを占めており、石炭不況は市の行財政とも

退職金獲得を目標に闘う大正炭鉱退職者同盟の人たち。前列右から２番目が父文行（昭和37年3月31日撮影）

大きく関わる大問題であった。国や県、市などを巻き込み、さまざまな生き残り策も探られたが、１９６４（昭和39）年に閉山を決定、50年にわたるヤマの歴史に終止符が打たれた。

この間、座り込みや１００日以上も続くストなど合理化反対闘争が激しく行われた。労働組合を中心に給料の支払いや仕事の保証などを求めて闘っていた労働者たちは裁判所に訴える行動にも出た。要求実現を目指し、全国炭鉱組合連合の方針で政府や銀行のある東京へ出かけることも少なくなかった。ヤマで働く男たちの姿が見られなくなった。男たちがいなくなり、炭住はガランとなるほどだった。

お金がない

家からお金が消えていった。会社からの給料に「金券」が支払われた。炭鉱で働く住民だけが、炭鉱の売店でしか使えない代物だった。買える品は限られていた。魚や肉やお菓子は他の店に行きお金を払って買わねばならず、金券は紙きれ同然だった。

学校から帰って米櫃《こめびつ》を見るといつも空っぽだった。

近くの親戚に「米を借りるように」と親に頼まれた。恥ずかしいので夜になってから行った。親戚にも子どもがいっぱいいたのに嫌な顔ひとつせず「2合」と言えば3合貸してくれた。それも山盛りにして量ってくれた。何回か借りに行き、弁当のご飯を持っていくことができた。子どもながら、大きくなったらきっと恩返しをすると心に決めていた。

重荷は母の肩に

母ちゃんたちは、家を守りつつ外へ仕事に行った。日銭を稼がなければならず力仕事に行った。仕事場は窯業会社で、輸入コークスを運んだり選別する立ち仕事だった。そのため、足の静脈瘤がひどくなり、夜になると毎晩子どもの誰かが当番として揉んでいた。疲れていても台所に立ち、おかずを作って食べさせた。晩ご飯のあとは炭鉱の共同風呂に行き、子どもの髪を洗い背中を流した。風呂から上がり、その足で洗濯場に寄り山盛りの洗濯をして帰った。自分の着物を質屋に持っていき、お金の工面をし、学校の集金には何とか期日までに持たせてくれた。

この母の頑張りで我が家の日々の生活は維持されていた。

蝕まれる地域

貧しさは人の心も蝕んだ。喧嘩の種になった。家々には怒鳴り合う声が飛び交った。子どもたちは、家に寄りつかず非行少年になる子もいた。

楽しかった長屋が不景気とともに沈んでいった。親の喧嘩があると思うと足は家に向かず、遠賀川の土手で道草をして帰ることもあった。

酒好きの父はよく1合、2合と私に酒を買いに行かせた。夜道は怖く、走りながら買いに行った。お金もないのに父は人に酒をおごるなど気前よく振る舞うので、母の質屋通いは頻繁であったが文句も言わず耐えていた。

ある日、我が家で、こんなことがあった。

父が親戚に勧められ化粧品の栄養クリームを買った。母は、食べるお金もないのに要らないと言った。父は怒って投げ捨てた。母はそれを拾い、割れた瓶のまま使っていた。母は瓶の中に残っている破片で時々顔や手を切った。子どもながら、その時の場面が衝撃的で、今も私の脳裏に深く刻まれている。

4キロ徒歩の中学へ

中間小学校を卒業し、中間中学校に入学したのはそんな炭鉱不況が吹き荒れ、大正鉱業が閉山へ一歩一歩近づいていた1962（昭和37）年4月だった。

中間中学校は自宅から4キロほど離れていた。私は、近所の子どもたちと遠賀川の土手を歩きながら通学した。歌ったりお喋りしたり野の草を摘んだりし楽しい時間だった。1時間かかる徒歩通学もさして気にならず休まず通った。

中学2年の担任は、小野先生という女の先生で、英語担当の先生だった。初めて日本語と違う言葉を聞いた時、私は驚いた。そして違う言語を話す小野先生を私は密かに尊敬した。

2番目の兄は昼間の高校を諦めて、働きながら夜間の高校に行くと言っていた。何とか夢を失わず、まだ見ぬ世界へ羽ばたこうとしていた。

見切る人々

筑豊に見切りをつける人が少しずつ増えてきた。北海道の炭鉱に仕事を求めて引っ越す人、ブラジルに移民する人、朝鮮半島に帰る人、中間駅には別れの涙にむせぶ声が響いた。退職金もなく着の身着のままである。ハモニカ長屋は歯抜けになり、明かりが次々消えた。

小学校で同じクラスだったIの家族が見切りをつけて、ブラジルに行くと別れを告げに来た。日本から一番遠い所に行くと聞いて涙が出た。もう二度と会うことができないかもしれない。中間駅まで見送りに行ったが、泣けて仕方がなかった。一番の宝にしていたビーズで腕輪を作り渡した。

北朝鮮帰還の友も

筑豊炭田では在日コリアンの人たちもたくさん働いていた。そこへ、北朝鮮への帰還運動も盛んになっていった。運動に合わせて北朝鮮に帰る友達にKがいた。小学校を卒業する時、寂しそうにしていた。理由を聞いても「一緒の中学校に行けない」とそれだけだった。金物屋をしているKの家にはよく遊びに行ったが、中学校に行くようになってからは音信不通になった。

ある日、川の土手に座って流れを見ていたらチマチョゴリを着たKに出会った。「朝鮮学校に行っている」と言ったが、それ以上は言わなかった。

河野さんからの手紙

安保闘争を軸として1960年前後は「政治の季節」であった。三池闘争のあとに起こった大正炭鉱闘争では全国から学生たちが支援に現地入りした。中間市で今も手技治療師として生活を続ける河野靖好さんもその中の一人。私が中学生だった頃中間市にやってきて、大正炭鉱の労働者たちと一緒に父たちを支援してくれた恩人でもある。当時の様子を知りたくて手紙を出したら丁寧な返事をいただいた。時代の雰囲気がよくわかる。その一部だが要約は次の通り。

その頃（1960年）、反安保闘争と並んで三池闘争がありました。三池闘争では、中間市の大正炭鉱の青年労働者が三池闘争の闘争現場に動員され警察機動隊や右翼暴力団と対決しました。三池闘争は労働者側の敗北に終わり、この闘争を体験して帰ってきた青年労働者たちが「三池闘争をしめくくる夕べ」という集会を行い、その後、炭鉱の居住区や中間市内でデモを行いました。

このデモをきっかけにして、大正炭鉱における反合理化闘争が、激しく盛り上がりました。また、大正炭鉱の労働者と全国の支援者たちのカンパで、中間市内の中尾地区に「北九州労働者手を握る家」が建設されました。

大正炭鉱の反合理化闘争は、百日を超えるストライキの末、会社側の殺人的な合理化案を受け入れざるを得ないという組合員と、あくまで闘いを続けるという組合員と真っ二つに分かれました。

炭鉱労働組合の全国組織である「炭労」の大会では、会社案を受け入れる決定が行われましたが、大正炭鉱の労働組合は最終的な決定ができず、三池闘争のような組合員同士の暴力的な対決を避けて、会社案を絶対受け入れない組員たちは、大正炭鉱を退職して、その退職金によって、新しい職場を求めることになりました。

組合員の約半数が退職しました。退職した人々は「大正鉱業退職者同盟」という労働組合を結成し（1962年6月）、支払われるべき退職金を会社に請求、闘いを始めました。それとともに退職金が1円も支払われない中で、自分たちが生きていくためにさまざまな活動をしました。

退職者同盟では、筑豊企業組合を設立して土木事業を請け負ったり、同盟員の個人的な起業（建設、塗装、水道工事など）を援助したりしました。一般失業対策事業を中間市内に誘致し、同盟員と部落解放同盟中間支部の解放同盟員中心に「革新自由労働組合」を作って就労を確保しました。さらに炭鉱地域開発就労事業を中間市に誘致し、同盟委員を中心に「洞海公共事業自由労働組合」を作り、中鶴一坑地区の炭鉱跡地開発事業に就労できるようにしました。芳賀町子さんが居住する自由ケ丘地区の多くの人々や通谷地区の人々、中鶴本坑地区の人々が参加しました。

しかし、大正鉱業退職後の数年間は退職金獲得闘争が激しく行われたために男たちは闘争にかかりきりになることが多く、生活のやりくりは女たちに任せていました。芳賀町子さんのお母さんを含め多くの主婦たちが「大変な苦労」をなさったに違いありません。

退職者同盟の闘いは、自分たちが生活する共同体（家、村、町）を作る、自分たちの意思で働く職場を作る、という闘い、運動に変わっていきました。自由ケ丘地区の創設、通谷地区の創設がその成果です。企業、会社に就職して、つまり資本に従属して働くこと、労働力を売ることとは違います。自分たちが自分たちのために労働するのですから、それが苦しい作業であっても本当の楽しみがあります。

公共自労に参加して、開発就労事業に就労した人たちも企業に直接支配されるのではなく、組合の同志的な保護の下で就労するわけですから自由に自主的に労働することができました。

忘れられない記憶の一つは芳賀町子さんのお父さんです。当時自由ケ丘公民館の文化部長として盆踊りや敬老会の担当でしたが、暇さえあれば公民館に来て倉庫の整理をしたり外部を片付けたり草刈りをしたりして公民館施設の維持のため働いていました。命じられたわけでも、頼まれたわけでもありません。地区の住民として黙って実行したのです。他にもこのような活動をする人がたくさんおりました。

当時の中間市は大正鉱業の城下町として成立しており、中間市自体が大正鉱業と運命共同体の感がありました。大正鉱業以外のいくつかの炭鉱はすでに閉山。大正鉱業の労働者は賃金不払い、遅払いで、消費力は最低の状態になっていました。

当時の中間市長であった添田八百亀氏は大正鉱業の土地課長であったこともあって中間市自体が大正闘争にも、退職者同盟の闘いにも深く関与していました。

大正鉱業と退職者同盟の最後の協定では中間市が斡旋人の一人となり、中鶴一坑地区からの退職者同盟の退去を実現するため通谷地区に市営住宅を建設すること、さらに同盟が炭住を移転するための土地を提供するという協定を退職者同盟と締結しました。この協定によって自由ケ丘地区と通谷地区に退職者同盟員の居住する「同盟村」ができたのです。

漂流する十代

夢持てぬまま

昭和30年代、日本は神武景気、岩戸景気という大型好景気で高度成長を走り始めていた。三種の神器と言われるテレビ、冷蔵庫、洗濯機という家電製品が家庭に普及し始め、経済白書が「もはや戦後ではない」とまで謳っていた。しかし、エネルギー革命に見舞われた産炭地の荒波は、好景気の波から切り捨てられ、うめき声を上げていた。

そんな時代、私に夢なんかあったろうか。中学生になっても私は毎日、生きて食べていくので精一杯だった。三種の神器など夢のまた夢であった。母親と兄弟の間では「冷蔵庫があったらいいな」「冷たい飲み物が飲めるね」という話とか「洗濯機があったら楽に洗えるねえ」なんてことをよく話していた。

母親は「4人も子どもがいるのだから、1人ぐらいスターになったら、楽になるのにね〜」と言っていた。残念ながら誰もスターの才能はなかった。

中3で転校

閉山が避けられなくなった大正鉱業の従業員たちは「退職者同盟」を作り、不払い賃金や退職金を要求して闘争を始めた。当初は経済闘争であった、この「大正闘争」はその後、幅広い観点を帯びた闘争に発展、中間市も仲介に入り、失業者対策を探った。解決策の一つが退職金の代替措置としての居住地造成だった。元の居住地である炭住の用地を売却して新しい住宅地の建設費用を捻出したり、工事を請け負う「事業組合」を失業者らが設立したりするなど、その闘争はユニークだった。

1964（昭和39）年春、私たち家族は中間市内の小高い山の上に引っ越した。わずかな退職金代わりに会社が建てた長屋だった。中間市自由ケ丘と呼ばれたところだった。元の炭住から東へ約2キロ、校区が違ったので転校しなければいけなかった。

プレハブのような家は夏暑く、冬寒かった。長い坂を上ったり下りたりしなければならなかった。ムカデがよく家の中に出てきて刺された。近所は炭鉱に勤めていた人ばかりで職を失っていた。中間に残るには、ここで暮らしを立て直す以外に方法がなかった。

1年後に高校受験を控えての転校は辛かった。

県立高受験に失敗

悪いことは重なるもので母が暮れに交通事故に遭った。父の失業で、母が仕事に出かけたところをタクシーにはねられ、2カ月入院した。私にまた家事が覆いかぶさってきた。受験勉強どころではなかった。私は県立の鞍手高校に行くつもりで受験したが、見事に失敗してしまった。滑り止めの高校を受けていなかったので、行く先が見つからないまま、中学を卒業することになった。

高校受験に失敗した私は、友達に付き添ってもらい、近くの縫製工場へと面接に行った。明日からでもおいでよと言われ、そのことを夜、母に告げた。

母の念力

黙って聞いていた母は、おもむろに立ち上がると私を連れて担任の曽我先生の家に行った。年配の曽我先生は生徒たちに慕われていた。

母の手には酒の瓶《びん》があった。私は家に入らず、小一時間、暗い外で待っていた。母は何も言わず黙って家路につき、私は後ろをついて歩いた。重苦しい空気が流れていた。

2、3日して私立の女子高校から推薦入学の届けが来た。もう工場で働かなくてもよかった。母は自分がろくろく学校に行けなかったから子どもたちには高校まで行かせてやりたいと言った。「母の念力」が通じたのだろうか。

私立女子高に入学

1965(昭和40)年、私は当時の八幡市黒崎(現・北九州市八幡西区黒崎)にある私立の女子高校に入学した。就職を考え、商業科に決めた。一つのクラスに63人、それが12クラスもあった。入学と同時に奨学金を受けられた。

中間から黒崎まで汽車に乗って通学した。電車で2駅乗り、それから1時間近く歩いた。

バスもあったが、お金がないので友達と歩いて学校に通った。黒い煙を上げて石炭を燃やしながら走る汽車は雄大であったが、トンネルに入ると窓から煤が頭に落ちた。この汽車も炭鉱閉山とともに姿を消していった。

高校の3年間、担任は、若い綺麗な女の先生で、「ならはら」といった。名前から、みんなは、「おなら」というニックネームで呼んでいた。迷ったり、悩んだりすると、真摯に向き合って話を聞いてくれる生徒思いのいい先生だった。

学校には比較的裕福な生徒が来ていた。私は12組で3年間クラスメイトは同じ。いつも笑いが絶えなかった。卒業から50年以上経った今も、同窓会を続けている。

簿記、珠算は1級

商業科はいろんな資格を求められる。日曜日ごとに簿記や珠算の検定試験があり、その合格を目指し技術を磨く毎日だった。おかげで簿記、珠算とも1級の検定に合格した。成績もクラスで1番であった。運動会では応援団長もした。

心の中には、両親の働く姿があった。学校に行かせてくれた恩を忘れてはいけないという思いがあった。父も母も子どもたちを食べさせるために働いている。どうして、私が、怠けることなどできようか。

生徒会で就職裏目

生徒会では、2年生と3年生の時に会長を務め、校内では結構目立つ存在だった。友達もたくさんできて充実した生活を送ることができた。貧乏だったが、修学旅行にも行けた。クラスのみんなは、地元の銀行、デパート、八幡製鉄所の関連会社に就職していった。簿記や珠算ができる商業科は引っ張りだこだった。

私も三菱化成など、いくつか就職試験を受けたのだが、どの企業も最終選考で振り落とされた。成績は良いのになぜ？　私はだんだん焦りを覚えていった。17歳というのは精神的に不安定で悩みの多い時期だった。孤独を感じ始め、またまた未来が見えなくなった。

あとで聞くと、生徒会活動がネックになったという話だった。2年も続けての生徒会活動をしたことで、会社で組合活動をするような人物と思われたらしい。学校のために頑張ったつもりが就職で裏目に出てしまうこの不条理を理解するには、私はまだ幼過ぎた。

家族の力

温厚で優しい父

戸籍によると父は鹿児島県で生まれている。祖母が実家に帰って出産したのであろう。いつもニコニコとし、温厚で優しかった。子ども好きで、よく一緒に遊んでくれた。近所の子どもたちは、「福吉のおっちゃん」と言ってとてもなついていた。大人に対しても人当たりが良く、酒飲み友達も多かった。

6人きょうだいの三男だったが、小学校を出るとすぐ時計屋に奉公に出された。時計修理工になる修業をし、技術は身につけることができたようだ。

まもなく召集令状が来た。しかし遅れて届いたため、入営の日時に遅れそうになった。

警察に行き、訳を話してやっと証明書を書いてもらった。汽車に乗り港まで行ったが、船は出たあとだった。訳を話し、2、3日待機するよう命じられ、次の船を待っていると、乗るはずだった船が敵国にやられて全員が戦死したという知らせが入った。遅れて来た召集令状で命拾いをした。

新たな命令で、その後中国大陸に渡った。ここでは、戦場で見張り番をしている時に危うく命を落としそうになった。母は父のことを「何度も死ぬような目に遭いながらいつも助かっている」「運のいい人だ」と言う。

父の軍歴

鹿児島県に残る軍歴資料によると、父は1939（昭和14）年12月1日、二等兵として歩兵第45連隊補充隊の第2中隊に入営している。20歳になった年であり、徴兵検査を受けてまもなく召集されたようだ。翌年の1月には37師団第

227連隊の要員となり、門司港から中国に渡っている。中国では第3中隊に所属、山西省を中心に現地での作戦や警備に従事した。中国での兵隊生活は4年半ほど続き、1944（昭和19）年には中間町中鶴にあった福岡俘虜収容所の任務に就き、翌年1月6日いったん除隊になった。結婚した同年3月以降も臨時召集されており、復員したのは終戦1カ月後の9月13日になっている。軍歴にある住所は「福岡県遠賀郡中間町中鶴一抗清明寮」とある。召集解除の時の階級は伍長。

従軍時代に攻撃で受けた銃弾が背中に残り、季節の変わり目には激しい痛みとの闘いが一生続いた。

酒で川に転落

戦争で時計修理工の夢が破れ、家族を養うために父は大正炭鉱で長い間働いた。炭鉱夫の場合、三交代勤務になるが、父は日勤で日曜が休みだった。どんな仕事だったのか、よくわからない。時計職人の機械操作の技量を見込まれ、炭鉱夫や石炭を運ぶトロッコ電車の操作を任されていたのではないだろうか。

酒好きだった父は仕事帰りに、酔っ払って、中間市内を流れる堀川に落ちたことがあった。どろどろの服になって人にかつがれて帰ってきたが、助けてもらわなければ、そのまま眠って死んでいるところだった。その時も母は「運のいい人や」と言いながら汚れた服を脱がせていた。母のそういう時の目は、いつも優しそうな目に変わっていた。

私は父に可愛がられて育った。怒られた記憶がない。一緒に自転車に乗ってよく散歩に連れて行ってもらった。たくさんの戦地を潜り抜け、数々の苦労を重ねて私を育ててくれた。

奉公で子守りした母

母の照子はしっかりもんで、よく働く人だと誰もが言った。掃除や整理整頓が得意で、いつも家の中は綺麗に片付けられていた。人の悪口なんかは、絶対に言わない。人の噂もあまり話さない。

勉強より生活態度に厳しかった。子どもたちのしつけには厳しく、食事中に、ひじをついたりすると決まって叱られた。兄弟喧嘩をすると、たたかれた。

熊本県生まれの母の家も貧乏であった。母の下にはまだ8人もの弟や妹がいた。小学校を卒業したあと年季奉公に出され、1年間、子守りをさせられた。奉公先で赤ちゃんの子守り、豚の世話、掃除等々辛いことがいっぱいあった。何より辛かったのは同じ家に自分と同じ年の女の子がいて、その子は学校へ行って勉強をしていたことだった。母は自分も学校に行って勉強がしたかったと言っていた。

第3章　新しい水

故郷を離れて

勤労学生を目指す

高校卒業を控えながら就職先が決まらない私は、どうしたらいいのか、進路に悩んだ。炭鉱を離職した父は水道工事の仕事をしていたが、勤め先が不安定であった。母も製鉄の下請け工場に日銭稼ぎに行っていた。その頃、弟はまだ中学生だった。自分自身は、上の学校に行きたい思いがあったが、口にすることをはばかられた。どうすればいいのか、県立高校受験で失敗した3年前と同じように行き先を封じられた思いが募っていた。

思い切って、先生に相談した。当時は男子に比べ、女子の大学進学率は低かった。兄2人とも高校止まりであった。家の事情を考えるととんでもない話だったが、就職担当の先生が、働きながら学べる学校を探してくれた。岐阜市にある聖徳学園女子短期大学で、同じ市内にある東洋紡績（現・東洋紡）で働くことを条件に入学金と授業料を貸し付けてくれることになっていた。３年制の短大であり、工場で３年間働くことが条件だった。

地方から集まるこうした若い労働者は「金の卵」と言われていたが、九州から出たことのない私は迷った。家族も県外で働くことに反対した。きょうだいでたった一人の女の子そんな遠くに行かないで、と父からも母からも懇願された。しかし、私の思いは消えなかった。行きたい気持ちを、両親に言った。決心が揺るがないことを知った両親は、「３年したら帰ってくる」という約束で渋々許してくれた。

１９６８（昭和43）年、私は普通科の生徒４人と一緒に、聖徳学園女子短大に進み、東洋紡績で働くことに決まった。山陽新幹線はまだ開通していなかったので、在来線の夜行列車に乗って、小倉から乗り換えて行った。親や、友達、先生方などたくさんの人が中間駅まで見送りに来てくれた。関門トンネルを抜け列車が本州に入ると実感が体を覆い、涙が流れだした。親も友もいなくなる不安や独りになる寂しさで胸がいっぱいになった。

6人部屋で

朝になり、列車は岐阜駅に着いた。東洋紡績の人が迎えに来てくれていた。バスに乗り、工場に行った。北は北海道から南は九州、沖縄など全国から60人ほどが来ていた。6人ずつに分かれ8畳の部屋に入れられた。部屋の両サイドに押し入れがあり、それが唯一自分のコーナーで、持ってきた荷物は、そこに置いた。家具らしきものはなくプライベートな所もなく、押し入れに自分の小物を入れるくらいだった。

仕事は2交代制にシフトが組まれていた。早番は5時起き、部屋の掃除をしてから作業服で工場に入った。13時30分まで立ち仕事。工場では、羊の毛を洗い、それを機械にかけて糸にしていき、布を織るという工程になっていた。羊の毛を洗う所では、ものすごい臭いがした。鼻をつまみたいほどである。糸にする所では、ジェット機の「キーン」と耳をつんざくような音がして機械がものすごい速さで回転していた。

遅番は、13時30分から21時までのシフトで同じ環境で働いた。これが1週間交代で繰り返された。「高校で紹介されたパンフレットの中には、臭いも音もなかったではないか」と、つい恨み言が飛び出した。

短大は工場から会社のバスに乗って10分ほどの所にあった。

勤務時間に合わせて学校に行くので早番の時は仕事を終えて午後2時から5時まで授業がある。遅番は午前9時から12時までの授業だ。3年間、早番、遅番を繰り返しながら働き、何とか短大の単位を取ることができた。

疲労する毎日

朝の4時にグリーグの「朝」という曲で叩き起こされた。冬でも、冷たい水で部屋や廊下を拭き掃除して工場に入った。作業は立ってしなければならず足がひどく疲れた。8時間働くことは辛かった。

仕事と学習以外にも洗濯をしたり作業服にアイロンをかけたりしていろいろな用事もあった。時間に追われ、一息も入れる暇がない毎日。1日が24時間では足りず、授業中は皆ほとんど寝ていた。

工場には男性も何人かいたが機械の点検や油差しなどで、全体の2、3割の人数だった。高度な機械で最新の技術を試しているようだった。大学卒業の男性が数人いて研究を兼ねた新しいものを作り出そうとしていた。フランスから技術者を招いて糸や布を作り、これからの市場に対応していこうとしていた。

去っていく仲間

入社半年が過ぎた頃、新入60人のうち10人が会社を辞めて故郷に帰っていった。仕事がきついので働きながら勉強は続けられないというのが大半の理由だった。私も一度だけ、辞めて帰りたいと母親に電話したことがある。しかし母親は「自分で決めたことやろ、最後までやり遂げんね」と、帰ることを戒めた。「頑張るしかない」。もう二度と弱音を吐かん、と心に刻んだ。

作業着で成人式

岐阜に来て2年後、1970（昭和45）年1月、私は二十歳《はたち》になった。工場主催のささやかな成人式が行われた。

その日は遅番の勤務だった。私たちは午前中、会場になっている畳の広間に集まった。

振り袖姿もなくお洒落な服でもない。紺色の作業服を着たまま、記念品もない簡単な式であった。仲間同士で成人を喜ぶような気分も雰囲気もなかった。詳しい記憶はないが、私が新成人を代表して工場長から賞状をもらったことは覚えている。振り袖姿の私はなかったが、大人になったという喜びがあり、それで良いのだと、そんなことを考えていた。

成人式が終わって、何日か経ったある日、母から、岐阜の冬は寒いだろうと成人祝いのコートが送られてきた。私の体にフィットしたそのコートは、とても暖かく、母の温もりを感じさせてくれた。

運命の人

クリスマスの夜

あと1カ月足らずで10代が終わる冬だった。岐阜市の商工会議所で開かれたクリスマスパーティーで、思わぬ出会いがあった。私はたまたま、同級の女友達と2人で出かけた。クリスマスの音楽が流れ、ダンスも始まった。2人連れの男性が声をかけてきた。2組のペアが誕生した。

その頃、私は故郷を離れてホームシックになっていた。相手は岐阜大学の学生であった。土木工学を専攻しラグビーを愛するスポーツマンだった。

ともに20歳前後。お互いに思いが募るのに時間はかからなかった。2人は周りもうらやむラブラブカップルになっていた。結婚するつもりでいた。

私は、会社との契約通り3年で短大を卒業した。卒業して紡績工場で働く人もいたが、ほとんどの人は故郷へ帰っていった。

私は彼と結婚するつもりで、卒業後も岐阜に残る予定でいた。岐阜市役所の試験を受け保育所に勤務することも決まった。彼は学業が2年残っていたが「私が働く」ことで、暮らしはできる。新居を見つけ、荷物も運びこんでいた。

しかし、事は簡単に運ばなかった。両家から猛烈な反対にあった。もともと故郷を離れる時の約束は「卒業したら帰郷する」だった。相手が学生という身分も障害になった。父は私の保育所勤務を断り、強引に連れて帰った。

彼の名は芳賀正男といった。彼と引き離されたけれど、私は毎日手紙を書いた。逢いたい気持ちを綴った。彼もまた手紙を送ってくれた。その数は200通を超えた。その手紙は今も持っている。一通一通が大事な宝物である。

私が故郷の福岡県に連れ戻されて2年後、正男は大学を卒業し滋賀県庁に就職した。最初反対していた両親ももう許すより他なかった。

豊橋で結婚式

1973（昭和48）年5月5日、私は結婚した。式は、愛知県豊橋市の正男の実家近くの神社で行われた。九州から私の父、母、兄2人、兄嫁、弟の6人だけ来てくれた。芳賀家が宿を取ってくれた。

私は文金高島田の花嫁衣裳で式に臨んだ。母親はタクシーを降りてから式場に向かう私にゆっくり道を歩かせた。周りから「綺麗ね」「ワー花嫁さんや」などの声が上がった。母の結婚の時とまるで違う様子であったろう。皆に立派な花嫁さんやと言われ、双方の親や親類に祝福される私を誇らしげに見つめ、祝福の声を嬉しそうに聞いていた。

正男が卒業し、就職もできたからこそ、大勢の人に祝福されたのだ。待ったかいがあった。

新婚旅行には行かず、夫の勤務地の滋賀に向かった。結婚式に呼べなかった福岡県の仲間からいっぱいお祝いの電報をいただいた。今でもその祝電を大事にしまっている。

湖畔の家

窓から琵琶湖の景色

新居は滋賀県高島市の今津浜前に構えた。滋賀県今津土木事務所のなんと所長官舎に住まわせていただくことができた。風光明媚な場所で静かな所であった。夫以外に知る人もいないこの地で、これからどんな人生を作っていくのか不安であったが、ワクワクする気持ちの方が大きかった。

窓を開けると琵琶湖が目の前に広がった。近くには松林があり、鳥の声で目が覚めた。毎日散歩してもその景色に飽きることはなかった。新居に母が来て、洋服ダンスや、化粧鏡などの最低限必要な家具を買ってそろえてくれた。夫の職場は家から車で15分の所にあった。夫はマイカーで通勤した。

スポーツマンの夫は走ることに秀でていた。幼い頃から地域や学校でも期待の星であった。1964年の東京オリンピックの時は中学生で聖火ランナーになって地域区間を走った。中学校では野球部に入り、4番バッターのキャッチャーであった。高校、大学でラグビーを始め、フォワードで活躍した。ふとももは、私の胴回りほどもあった。

草津でマイホーム

今津土木事務所に5年勤めた夫は、大津市にある県の本庁勤務となった。風光明媚な今津から都会の大津に住むことになり、県庁近くの官舎に引っ越した。家族4人で住むには狭かったが、周囲は同じ職場の人ということもあり仲良く暮らすことができた。暇な時間はお喋りをし、子ども同士も仲良しになった。

大津に来て1年ほど経った頃、マイホームを持ちたいと思った。持ち家がないと、夫の勤務地が遠くに変わる可能性が高くなる。そうなれば、子どもも転校せざるを得ない。馴染めないと、いじめや不登校になるかもしれない。

私は夫に家を買うことを提案した。学校や病院が近い所、交通の便はどうか、公園などが近くに欲しい、同じ年代の子どもたちの声が多い所が望ましい……。いろんなことを考えて、夫と2人で決めたのは大津市に隣接する草津市。希望通りの家である。何よりも子どもたちの学校生活が変わることはない。地域の中で溶け込んでいけるだろう。

第1子誕生

結婚式の時、私はすでに子どもを宿していた。長女の淑子である。

結婚式から4カ月半経った9月23日、朝早くから陣痛が始まった。しかし、初産ということもあって、入院してもなかなか生まれてはくれない。夕方近くになって、3800グラムもある、大きな女の子が生まれた。大きな産声を上げた。安産だった。

秋分の日で夫は休みであった。オロオロするばかりだったが、車で病院までついてきてくれた。九州や豊橋の身内にこまめに連絡もしてくれた。無事出産が終わった時、「よくやった」と言って握手をしてくれたのが嬉しかった。

彼の一番上の兄さんが、名づけ親になった。芳賀の苗字との、兼ね合いもあるらしかった。

夫はイクメン

夫は家庭も仕事も大事にする人だった。育児に積極的に関わってくれた。仕事の日も、夕方帰ってきて、淑子を風呂に入れたあと仕事絡みの付き合いに行くこともあった。休日は、子どもをよく見てくれた。買い物やドライブにも連れ出してくれるので、私は育児にストレスをためることはなかった。

母乳もよく出て淑子はすくすく育った。ただ、昼間によく眠る代わり、夜に起きてぐずった。夫は仕事があるから「寝かせてくれ」と言う。私はできるだけ、昼間に散歩をし日光浴をさせた。そのおかげか、昼と夜が正常に戻った。

子どもがいるだけで生活は随分変わった。リズムがついた。天気の良い日には散歩や乾布摩擦をした。できるだけ声をかけ、母親の言葉に慣れさせた。

記録を残すために育児日記をつけた。育児は楽しかった。と同時に辛いことも少なくなかった。買い物にちょっと行っても、帰ってくると火がついたように泣いていた。目が離せず気が抜けなかった。自分の時間はほとんどなかった。

淑子あわや

夏の暑い日だった。淑子が1歳前後の頃だったと思う。我が家の裏には琵琶湖の湖面が広がっていた。私は淑子に水着を着せ、浮き輪をつけて水遊びをさせていた。一方で、掃除や洗濯もしていた。育児と家事の両立、同時並行作業であった。

電話がかかり、その応対に気が取られ、ふと琵琶湖に目をやると淑子が水辺にいない。沖合10メートルで浮き輪とともにぷかぷか浮いているではないか。「大変！　どうしよう」その時、私の泳力は25メートルがせいぜい。おなかには2番目の子どもも宿していた。お隣さんは留守だった。

私は夫に電話をし急いで駆けつけてもらった。夫は沖まで泳いで子どもを無事に助けた。足の届かない深い所である。一つ間違えば我が子を死なせるところであった。

毎日見ていた美しい琵琶湖だけに、一種の「慣れ」があったのかもしれない。わずかな隙が事故を起こしてしまう「水の怖さ」を見逃していた。子どもを育てる時に取り返しのつかない失敗もあり得ることを、この時学んだ。もっともその時、当の淑子は泣きもわめきもせず、平気な顔をしていたのだが……。

第2子誕生

淑子が生まれて2年後、1975（昭和50）年3月11日明け方、淑子と同じ高島病院で男の子を産んだ。初産のような不安や苦しみはなかった。4キロもある大きな子で、夫の兄が本で調べ、一彰という名をつけた。頭の大きな夫に似た顔立ちであった。母乳でよく育った。

2人の父親になった夫は、相変わらず子煩悩で、暑い時は琵琶湖で泳がせ、寒い冬はスキー場に連れて行ってくれた。休みの日はいつも家族一緒に過ごした。一番幸せな時であったのかもしれない。

一つ、困ったことが起きた。一彰が5歳の時にマイホームを買い、大津から草津へ引っ越したので、なかなか友達ができなかったのである。

家の中ではゲームをして遊ぶことが多いので「友達と一緒に遊んでおいで」と外に出す

のだが、10分もしないうちに戻ってくる。息子が「遊ぼう」と声をかけても知らん顔をされたという。私が「一緒に遊んでね」と頼んでみたが、みんな一斉にどこかへ行ってしまう。そのうち仲良しになると思っていたが、なかなかうまくいかなかった。

一彰が、小学校に上がる前だから知った顔は誰もいなかった。新参者であり、子どもの世界でもよそ者扱いを受けていたのであろう。大人はだんだん打ち解けてくるが、子どもはそうもいかずかわいそうだった。

私はいじめがいつまで続くのか心配したが、何とか、時が解決してくれた。1カ月ほどで、私はもう子どもと一緒に遊んでやらなくてもよくなった。

第3子誕生

1981（昭和56）年は滋賀県で「びわこ国体」があった。淑子が小学2年生、一彰が1年生になっていた。マイホームを草津市に買ったので、3番目の博子は大津市の病院で生まれた。

「その日」に備え、いつでも病院に行けるように、カバンの中には、下着やパジャマの用意をしていた。

秋の国体開会式を4日後に控えた10月9日、陣痛が始まった。陣痛は上の2人で経験済みだ。「まだ大丈夫だろう」と高をくくり、私は波が引けば部屋の掃除をし、夕食の用意をしていた。

「そろそろいいだろう」。私は、入院用品を入れたカバンを持ち、お隣に挨拶をしてバスに乗って病院に向かった。自宅から病院までは20分ぐらいだ。

どうしたことか、バスが途中で止まった。道路工事で交通渋滞に巻き込まれ、進んではストップを繰り返し始めた。さあ、困った。陣痛は少しずつ間隔が短くなってくる。こんなことならタクシーにすべきであった。バスの中でお産が始まったら大変だ。運転手に言うべきか。どうしよう。おなかにそっと手を当てながら、「ここで、出てくるんじゃない」とおなかの子に言い聞かせ、バスが動くことをひたすら祈った。

予定より30分近く遅れて大津市立市民病院に着いた。私は、急いで産婦人科に駆け込み、「もうだめ。生まれそう」と、叫んだ。看護師さんが病室に案内してくれ、私はベッドに横たわった。

「あ、あ、あ」

自分の意思とは関係なく驚くほどの水がベッドを濡らした。驚いた看護師さんが分娩台に連れて行ってくれた。破水であった。

「おぎゃあ、おぎゃあ、おぎゃあ」

ほどなくして赤ん坊の泣き声がして女児が生まれた。３６００グラムの元気な子であった。

夫は、国体のラグビー選手として出場するので、練習に出かけて留守だった。２人の子どもたちは隣のおばちゃんが世話をしてくれた。夜になってやっと夫が病院に来た。２、３日後、九州の母と父も来てくれた。１週間の病院生活を終え、家に戻った。

こうして３人の子どもの母となった私は「公園デビュー」など育児を通して人との関わりを持てた。子どもを通じて友達もできた。

第4章　愛のメモリー

父の死

あっという間に

父に肝臓がんが見つかったのは1994（平成6）年の初夏であった。その年の8月末、長兄から電話があった。声が震えていた。

私は早々に身支度を整えて新幹線に飛び乗った。

中間市の実家に着いたら父は和室で眠っていた。顔を見に寝床に行くと目を開けて「町子か」と言った。「父ちゃんは町子を今来るか、今来るか、と待っとったんよ」と母が言った。母がかいがいしく父の世話をしていた。2、3日父は布団の中でずっと横になっていた。手術をしたあと、高い熱が続いて体が震えていたと母が教えてくれた。その頃小学校に勤めていた私は職場を休めず、いったん滋賀県へ戻った。「元気になってほしい」と祈りながら……。

容態はまもなく悪化した。再び病院に運ばれた時、父は「もう帰れんやろ」と呟いていたという。

10月31日、父の妹であるトシ叔母さんが病院に駆けつけるともう虫の息だった。苦しそうに口を開けていた。病院の人は「もうかわいそうですから」と言ったが母は延命措置を望んだ。父は母にしっかりと手を握られていた。発病から4カ月のあっという間で帰らぬ人となった。

父はなぜいつも優しかったのだろう。75年間の父の一生は幸福だったのだろうか。いろんな思いが交錯した。

酒でお別れ

父の通夜には100人近くの人が来た。父がそれほど慕われていたのだと言いたい。皆一様に信じられないという面持ちで次々と駆けつけてくれた。「福吉のおっちゃんが死んだって本当な」と口々に言っていた。母は弱った父をそっとしておこうと入院したことを伏せていた。通夜の席に酒が振る舞われた。母が「うちの人は、湿っぽいことは好かんき、酒、飲んで帰って」、そう言って大勢の人が居間で父を偲んで皿盛りの料理を食べ、酒を飲んでくれた。

次の日、葬祭センターで葬式を出した。気丈な母は粗相のないように式の段取りを決めていた。県内外の親戚をはじめ近所、知人、老人会、婦人会など、通夜と同じように弔問する客が大勢来てくれた。火葬場で父の骨を待っている間も母はみんなに冷たいビールを勧めていた。

父が小さくなって出てくると母は涙をこらえ、「こんなんになって」と遺骨を持ってバスに乗り込んだ。火葬場から戻ってお坊さんの説法が終わると、葬祭センターにはまた料理が並び、酒、ビールが振る舞われた。父の遺影の前にコップ酒が置かれ、「一緒に飲もうや」とみんなが口々に別れを惜しんだ。

父の幽霊

父が死ぬまで私は「死」について考える機会がなかった。死という不可解なことをすぐには受け入れられなかった。どうすれば理解でき、うまく私の心に納まるのか、心の在りかを見失いがちだった。

母も死を受け入れられなかったのか、父の幽霊が出たと何度も言っていた。折に触れ、白い着物を着てテレビを触っている父の姿を見たというのである。秋の日には白いキノコがお地蔵様のようにズラリと並ぶ中、父が家の庭に現れた。母がおやつにおまんじゅうを食べようとすると「わしにもやらんか（くれないか）」と言う父の声が聞こえた。

母は父の幽霊としばらく生きていたが、3年ほど経つと、幽霊は出なくなった。月日が、母の悲しみの心を少しずつ癒やしてくれたのであろう。

同じ年、夫正男の父初蔵も亡くなった。翌年、阪神・淡路大震災が起き、東京では地下鉄サリン事件が起きた。多くの人の死をいやでも意識する年齢になっていた。

夫の闘病、まさかの死

ラグビーで倒れる

マイホームを改築し、草津では平穏な日々が続いていた。私は通信教育で小学校教諭の免許を取り、県内の小学校で働き始めていた。長女の淑子は成人式を迎え、末っ子の博子は小学校に通っていた。

夫は、仕事の合間を見つけ、好きなラグビーを楽しんでいた。

そんな普通の生活が一変したのは、１９９４（平成６）年の春だった。

父が死ぬ半年前、４月か５月であったろう。県庁のラグビー同好会に入っていた夫は神戸市で行われたＯＢ戦に出場した。しかし、試合中に気分が悪くなり、タクシーで帰ってきた。胸が痛いという。しばらく様子を見ていたが悪くなる一方であり、救急車で病院に連れて行った。

なんと、告げられた病名は心筋梗塞だった。「今夜が峠です」とさえ言われた。

信じられぬ思いと、神に祈る思いで私は、夫に寄り添う以外なかった。

闘病の道へ

1カ月後、夫は奇跡的に助かり、退院することができた。しかし、病との付き合いはこれが「始まり」であった。

命拾いした夫は、心臓の薬を飲み続けることになった。しかし、副作用があった。頭痛や倦怠感がつきまとい、何より腎臓に負担がかかった。

こんな時、新聞で東洋医学のことを知った。西洋医学とは異なり、食べ物などで治していこうというものであった。それは新幹線に乗っていく場所にあった。医者はそれなりに有名で、東洋医学の本を何冊も書いていた。血液検査をして、赤血球がまだ大丈夫だと言われた。「頑張りましょう」と励ましてくれた。

地元の自然食品店に出向き、言われたものを買って食べ始めた。夫が好きだった魚や肉などは姿を消し、代わりにキノコを煎じて飲んだり、小豆を食べたりした。食生活がガラリと変わった。80キロあった体重は60キロまで減った。げっそり痩せた夫を見て実の親までが、誰かわからなかったと言った。

薬の副作用からは解放されたが、この治療も1年しか続かなかった。医者が、大学病院への紹介状を書いてくれ西洋医学にバトンタッチされた。

病院に行くとすぐに入院するよう言われ、腎臓機能が思わしくないので、透析をするように勧められた。腎臓移植を希望したが、私とは血液型が合わず、親戚の人とも相談したが望みは叶わなかった。

腹膜透析始まる

夫は、腹膜透析をすることになった。お腹を切りチューブを入れて腹膜を利用しながら、透析液を入れて、汚れた透析液を出す。4時間に1回入れ替えなければならない。面倒な治療だが几帳面な夫ならできる、と信じていた。

命をつなぐ透析は欠かすことができない。しかし、そのために奪われる自由な時間はとてつもなく多く、夫に治療だけの生活をさせるのが忍びなかった。子どもが小さい頃でも文句も言わず私に海外旅行を許し、目を開かせてくれた恩があった。私は透析の身でも夫を海外旅行へも連れて行ってあげたかった。重たい透析袋の持参は大変だったが、中国、アメリカ、スペインなど多くの外国を巡った。

腹膜透析は7年間ほど続けたが、腹膜炎を起こしたのを機に機械による血液透析に切り替えた。病院に通い、ベッドの上で寝ながら機械で血液をろ過していく。腹膜透析より自由時間が減るがやむを得ない。夫は土曜と平日の夜に血液透析に通いながら仕事を続けていた。

25年の闘病

2010（平成22）年3月、37年間勤めた県庁を定年退職した夫は、相変わらず血液透析をする生活を続けていたが、思わぬことから死が訪れた。医者に勧められて行った心臓バイパス手術の予後が思わしくなく、全身の血液循環が悪くなってきた。「胸が痛い」に始まり、左足、右足の痛み。そのうち、足の指が黒くなり始めた。壊死《えし》して指が落ちてきたのだ。心臓の不整脈も続き、入退院が繰り返された。

そんなある日、足の傷から細菌が入り、内臓に感染する敗血症を起こしてしまった。体に青いあざがケロイドのように広がる無残な姿。いったんは治まったものの衰弱は激しく、2019(平成31)年3月には透析中に意識障害を引き起こした。集中治療室で点滴、輸血などあらゆる治療が施されたが、3月30日ついに帰らぬ人となった。「急性肺血栓」と言われた。

心筋梗塞から腎不全となり、腹膜透析、人工透析と闘病生活はざっと25年。心臓バイパス手術の不調を調べるための検査入院中の急変という信じられない死。私は長い間、受け入れられず眠れない夜を過ごしていた。

悔しさを本に

夫はまだまだ生きられたとの思いが頭の中でグルグルと舞い、葬儀が終わっても何カ月も眠れぬ夜が続いた。どうにかして夫の無念を晴らしてやりたいと思い、自分の心のままに筆をはしらせた。初めは病院のことばかり書いていたが何枚も書いていているうちに、恨みより、病院に助けてもらい無理を聞いていただいたことも思い出した。自分の心が少しずつ落ち着いてきた。夫との思い出がまるで、湧き水のように次から次へ湧き上がった。眠れぬ夜は必ずノートに向かった。

そんな時、「自分史を書きませんか」という広告の言葉が目に入った。書き上げたノートを本にして、夫の一周忌に「私の愛した人を忘れないでください」という思いを伝えようと考えた。題名は、『走り抜けたパパ』に決まった。出来上がった本60冊が我が家に届いた。これ以上の嬉しさはなかった。胸がドキドキして興奮した。夫が仕事で手掛けた琵琶湖の噴水をバックに私の後ろ姿の写真が本の表紙になっていた。素敵だった。

25年間病気と闘った夫である。私たちの物語が、同じ病気に苦しむ人の参考や励みになったらいい。こんな思いを込めた内容が記者の目にとまり、京都新聞が取材に来て滋賀版の紙面に掲載された。

亡き芳賀正男と奈良公園にて（平成28年11月11日撮影）

母へのバラード

トイレの思い出

母は一本筋が通った人であった。ここぞという時には的を外さない芯のしっかりしたところがあった。子どもの時に絵を褒めてくれたことや、高校受験失敗の時など、母の的確な対応がなければ私の人生は１８０度違っていたかもしれない。人生の恩人である。

昭和30年代、家のトイレには豆電球しかなく暗かった。いつも悪臭が漂っていた。夜中に用を足しに行く時は必ず母か父についてきてもらった。昼間、遊び中なら草むらで用を足したり、家の前にある溝でパンツを下げたりしていた。しかし、だんだん自分自身が恥ずかしいと感じるようになっていた。かといってトイレの戸を開いて用を足すわけにはいかなかった。

そんな状況で小学校に入った。

私は学校にいる間、いつもおしっこを我慢していた。じっと我慢しているとおなかが痛くなるが先生には言えなかった。トイレが怖いとも言えなかった。授業が終わると走って帰り、家のトイレに駆け込んでいた。

ある日のこと、我慢ができず帰り道にジャーッと足から靴まで濡らしてしまった。母には言えないので「帰る途中、水まきの人にかけられた」と言い訳をして下着を取り替えた。

その時尿の臭いがしたであろう。しかし、母は「そうね」とだけ言った。そして、その後「学校に遊びに行かんね」と言って私を誘った。

学校の中を巡りながら「ここが1年のクラスかい」とか「先生のところかい」と教室の場所を尋ね歩いた。そして、「おしっこするけど、どこね」と私に尋ねた。

トイレに案内すると、母は戸を閉めて平気で用を足した。「ちゃんと掃除をして綺麗にしているね」。出てきた母は上履きを落とさないように足をいっぱい広げてというふうにトイレの使い方を私に教えた。

私はその後、もう家まで我慢をして帰ることはなくなった。

黙って示した心意気

小学校に入学し6カ月もすると学校に慣れ、町の子とも友達になった。誕生会をするので来てほしいという話になった。私は自宅にカバンを置き、すぐ町まで走った。知らない友達もいてお菓子がいっぱいあった。食べたこともないお菓子や果物があった。嬉しくて腹いっぱい食べた。みんな綺麗な服を着ていた。

家に帰り、誕生会でごちそうになったことを話すと、母が「手ぶらで行ったんね」と聞いた。「折り紙でツルを作ってプレゼントした」と話すと、母は財布を持って「ついておいで」と言った。

行った先はおもちゃ屋さんだった。母が何かを買い求め、それを私に手渡して「持って行き」と言った。誕生日に呼んでくれた町の子の所まで行き、母は礼を言った。私がおもちゃのプレゼントを渡すと恐縮されていたが受け取ってもらえた。

大きくなってからも母は素晴らしい教育者であり、アドバイザーだった。

故郷を離れ、岐阜での苦しい勤労学生時代に弱音を吐いたら「自分で決めたことは最後までやり遂げるべきだ」と戒め、私に頑張る気概を養ってくれた。それでいて成人式のお祝いには「岐阜は寒かろう」とコートを贈ってくれる温かい気遣いを示してくれた。

私の結婚後、夫の仕事が忙しくなり、母子家庭のような日々の不満が爆発、実家に帰ろうとした時も「好きで一緒になったんだから別れて帰ってくるようなことはせんといて」と母から一蹴された。

大分県の別府温泉のホテルでくつろぐ母照子
（平成29年6月28日撮影）

２０２２（令和４）年3月2日、母は94歳まであと1日を残してこの世に別れを告げた。その半年前に肺癌が見つかるまで中間市郊外に一人で住み、自分の身の回りをこなしていただけにあまりにもあっけない死であった。

思い返せば、厳しい生活環境の中、母の愛情は陰に日向に、あふれていたと感謝せずにはいられない。

第5章　時代は回る

社会の窓辺

子ども好きは父譲り

私の子ども好きは、父譲りだと思う。岐阜市の聖徳短大に入学した時、家政科、栄養科、保育科のいずれかを選択しなければならなかった。私は保育科を専攻した。子どもが好きというただそれだけで決めた。

困ったことがあった。ピアノだった。保育科は実技でピアノ演奏が単位の中にあったが、一度も弾いたことがなかった。「どうにかなる」と、「ド・レ・ミ・ファ・ソ・ラ・シ・ド」と指の位置から覚えていった。

仕事場の会社にはピアノが2台置いてあった。幸い寮の大広間にあった。みんなでピアノの奪い合いだったが、仕事が始まる前や仕事の終わった時を利用してピアノを練習した3年間でようやく、バイエル、ツェルニーまでできるようになった。仕事に勉学、さらにピアノの練習は本当に大変だった。

こうして保育士資格と幼稚園教諭2級免許を3年間かけて取得した。

卒業後現場に

1971（昭和46）年、結婚が許されず帰郷した私は、長兄の知人を通じて福岡市内の保育園で働くことになった。勤務地近くのアパートを見つけ、一人暮らしを始めた。正男のいない暮らしは寂しかったが、保育園で働くのは楽しくて、小さな子どもたちと楽しい毎日が過ごせた。

その保育園は2歳から6歳までの子どもを60人ほど預かっていた。親の働く時間が長く、朝7時頃から夜6時ぐらいまで保育園に預けられる子どももいた。

複担任制で、3歳児のクラス20人の子どもを、私ともう1人で持つことになった。勤務は、早出、日勤、遅出、とローテーション制であった。子どもたちの成長を日記帳に毎日書き、保護者に知らせる仕事もあった。

こんなことがあった。

3歳児のK君は保育中いろんな歌を教えても、一度も声を出して歌わない。お話もしなかった。そのK君がある日「変身」した。皆が寝ている時に突然歌いだした。それも今まで教えてきた歌を全部である。これまで沈黙していたが、耳でしっかりと聞き、脳の中にインプットされていたことがわかったのである。

このことは「教える」時のスタンスをいみじくも示していた。教えることは結果を焦らず、「気長に待ち、意欲を決してつぶさないこと」だと悟った。もし歌わないことを非難したり叱ったりしたならば、K君はきっと歌ってくれなかっただろう。子どもの気持ちをつぶさずに接することができて、私は自分自身が嬉しかった。K君が歌ってくれたことに感動もした。「教える」ための「視野の広さ」と「心の余裕」を知らせてくれた。

学びの場、解放保育所

1年間福岡市で働いたあと、故郷の中間市役所の試験を受けて採用された。4月から私は家から歩いて通える新設の市立保育所で働けるようになった。

その頃は、同和対策事業特別措置法に基づく同和対策事業が推進されていて、保育所はその親たちの熱い願いが込められ「中間市立部落解放保育所」と名づけられた。

0歳から5歳まで各年齢の6クラスがあった。

正規採用されている保育士のほか、地域のお母さんたちが見習い保育士として勤務していた。地域ぐるみで育てるという理念だったようだ。珍しく男性の指導員も採用され、子どもたちに人気があった。

私は2歳児の担任になった。クラスには12人の子どもがいて、正規職員4人と地域のお母さん1人の5人で保育をした。家庭訪問を大事にしながら親とのコミュニケーションを密にした。子どもたちは明るく可愛かった。

保育所の隣には隣保館があって部落解放同盟の人たちがいた。学習会や職員会議は夜遅くまで続き、みんな一生懸命だった。識字学級もあり、学校へ行くことができなかった大人たちが文字などを勉強する取り組みも行われていた。

保育所、隣保館、識字学級……枠を超えて地域が一つになり、一種の解放区のような様相を見せていた。

勤務時間が過ぎても議論を闘わせた。差別に負けない、差別を許さない。職員たちの会議が夜遅くまで毎日のようにあった。より良い保育実践に向けて、皆一生懸命働いた。

明るく陽気な職場の中はいつも笑い声が絶えなかった。子どもたちも、のびのびと育った。勤務後も皆で飲みに行ったり、食事に行ったりもした。仕事の仲間とも本音で喋ることができ、職場以外でも友好を深めていった。

反対押して通信教育

保育園や幼稚園の仕事は楽しかったが、それぞれの子どもがその後、どのように成長していくかが興味の対象になった。子どもの成長の縦の軌跡を見たくなり、小学校の教員免許を取得したいと思った。結婚し滋賀県に住んでからの30代半ばの頃である。小学校なら同僚の先生も自分と同じ年齢層でやりやすそうだった。

通信教育で小学校教諭の2級免許が取得できることを知った。子育てもあり、夫に負担をかけられない。京都市内の佛教大学に通信教育があった。早速募集要項を取り寄せた。

後期の9月から入学することは可能だった。費用として約7万円必要だった。

夫に話すと思わぬ言葉が返ってきた。「今さら勉強して何になる。そんなお金があるなら子どもの学習に使うべきだ」。資料は捨てられた。

意外な返事に私はむらむらとしてきた。子どもは子ども。たとえ何歳になろうとも私は夢に向かって歩きたい。捨てられた資料や申し込み書類は水で濡れたため、再度大学からもらった。今度は夫には見せず、黙って申し込んだ。お金を自分で工面し、こっそり入学願書を出した。締め切り2日前のことである。当初の予定より半年遅れたが、4月からの入学が決まった。

また音楽で苦労

佛教大学通信課程に入学した私は、若い人に囲まれて学習することになった。小学校2級の免許から1級免許取得を目指して入学する人もいた。私は短期大学出だったので足りない単位を取ることで小学校の教員免許が取れる。自分で働いていたので費用は工面することができた。

通信教育が始まった。昼間は幼稚園で働いていたので、夜家族が寝静まってから教科書を開いた。しかし、勉強の仕方がわからず戸惑った。

大学に行って講義を聞くスクーリングもあった。得意な体育の水泳などは見本になり泳いでみせた。

教室で気の合う人を見つけることができた。友達と教えたり教えられたりして勉強の仕方もだんだんわかってきた。

リポート提出があった。評価が悪いと再度提出しなければならなかった。合格すれば今度は学校に行って試験を受けなければならなかった。試験はリポートをしっかり把握しておかなければ書けなかった。

学科はまずまずだったが、問題は音楽だった。ピアノではバイエルの中から試験され、弾けなければ不合格となった。通信教育を受けている時、私は幼稚園に代替教諭として仕事をしていたのでピアノで幼児の歌を弾いていたが、バイエルはやはり練習しなければいけなかった。幸い、自宅に知人から譲ってもらったピアノがあり、仕事が終わったあと、練習を開始した。短大時代、工場で練習したことが思い出された。あの時の大変さから思えばできる。腕が痛くなるまで毎日練習した。腕が腱鞘炎《けんしょうえん》になりそうだった。

初めは反対していた夫も協力してくれ、留守中は子どもを見てくれることになった。スクーリングなど家を留守にする時は夫が子守りをしてくれた。食事も作って子どもたちに食べさせてくれた。息子が風呂掃除をやってくれた。下の子の保育園の送り迎えは上の娘がやってくれた。

近所で教育実習

小学校教諭の免許を取るには教育実習を2カ月受けなければならなかった。実習先は自分の故郷の学校か、現在住んでいる地域の学校で、ということだった。私は現住所近くの学校を選んだ。

自分の子どもが通った草津市立矢倉小学校だった。指導教諭は淑子が教えていただいた日高先生だった。私より少し年下。「いやあ、実習生が来るとは聞いていましたが、芳賀さんのお母さんでしたか。参りましたね」。こちらも同じ気持ちだったが、どうすることもできなかった。

実習の時は、ずっと教室で過ごす。クラスは5年生だった。近所の子もいて「おばちゃん」「なんで」「どうしているの」と口々に聞いてきた。

給食時は子どもと一緒に給食も食べた。顔なじみだけにこの時はリラックスタイムだった。おばちゃん先生だったが、子どもたちは私に安心してなついてくれた。

妖精たち

自分で職探し

1年間にわたる通信制教育を終え、小学校教諭の免許を取得することができた。「大好きな子どもたちとまた遊び、勉強ができる」。一緒に成長していくことができるだろう。私の夢がまた一つ大きく膨らんだ。

夫が言っていた通り、仕事がもらえるかどうかは不安だった。しかし「自分から仕事を求めて動けばいい」と教育委員会に履歴書を持ってお願いした。まもなく「4月から仕事に来てほしい」と電話が入った。

大津市立瀬田東小学校で教員生活が始まった。自宅から自転車で行ける距離にあり、家庭との両立はしやすかった。小学校で働くことは初めての経験であった。保育所、幼稚園での幼児教育10年のキャリアを引っ提げてのチャレンジである。

新学期が始まり、1年生の担任になった。40人近くの可愛い小さな子どもたちが教室に入ってきた。この子たちと一緒に1年間ドラマを作っていく。入学式のあとの保護者会で大雑把な性格だけど、真摯に向き合っていくことなどをお話しさせていただいた。今でこそ1年生のクラスには支援員がいて、クラスの子に手を差し伸べてくれるが、当時は、1人で40人を見なければならなかった。

全員を席に着かせたり、集団行動したりする時はオルガンを弾いて移動させた。隙間時間には絵本を読み、歌を歌った。保護者も協力的で小学校で働くことがこんなに楽しいものかと思った。

朝の歌が大舞台に

１９９０（平成2）年、私は大津市の膳所小学校で4年1組の担任だった。担任の大きな仕事はクラスを一つにまとめ、集団の意思や力を存分に発揮できるようにすること。私は、その一助として「朝の会の歌」を企画し、クラス40名全員の合唱で一日がスタートするよう仕向けた。

音楽のテープは自分たちで用意するが、歌詞を書いた紙は世話役の「歌係」が下書きを持ってきて職員室でプリントアウトしていた。私は子どもたちが喜んで歌う歌なら何でもよかった。歌は1カ月ほど同じ歌を歌うので無理なく覚えていた。そんな習慣は、授業前のリラックスタイムにもなり、同時に国語科での音読上達にもつながっていた。

ある日突然、ビッグニュースが舞い込んできた。「大津市小中学校合同音楽祭」に学校代表で出てみないかという誘いであった。子どもたちに話すと「出てみたい」「歌おう」と前向きな発言。曲は「気球に乗ってどこまでも」（東龍男作詞、平吉毅州作曲）に決まった。教科書に載っていた歌の一つだった。子どもたちに夢や希望を与える素晴らしい歌詞は人々の心にも届けられる。手拍子のリズムも心地よい。

「朝の会の歌」がこの曲になった。子どもたちが自主的に工夫をこらし一生懸命練習を重ねた。そろわなかった出だしや強弱の調子も少しずつ整い、同じ目的に向かう心を一つにしていった。見えない「絆」も深まっていった。

合同音楽祭は自分たちの通う膳所小学校の体育館で行われることになった。当日私は指揮者になり、ピアノは他の先生にお願いした。

出番が近づいた頃、大きなサプライズがあった。クラスの保護者が子どもたちのステージ衣装を用意してくれていたのである。赤と白のベレー帽と胸につける赤いリボン。駆けつけた親たちが、ベレーを頭にかぶせ、胸にリボンをつけると、子どもたちはたちまち可愛い妖精になった。

♪ときには　なぜか　大空に
旅して　みたく　なるものさ
気球に　乗って　どこまでいこう
風にのって　野原をこえて

雲を　とびこえ　どこまでも　いこう
そこに　なにかが　まっているから
ランララ　ラララララ　ランランラ……

歌声が大きく響いた。子どもたちの嬉しい気持ちは歌に素直に出ていた。大きくしっかり口を開け、すっくと伸びた姿勢で丁寧に歌い上げた。私は指揮をしながら胸に込み上げるものがあった。

会場から大きな拍手が湧き上がった。

舞台から下りると、子どもたちは円陣になり肩を組んで喜びを分かち合った。私も子どもたちもこのサプライズが生んでくれた大きな力に驚いた。嬉しい、温かい親から子への愛のプレゼントであった。

小学校の先生になり、こんな素晴らしい体験をさせてもらい、私は幸福であった。「気球に乗って　どこまでも　いこう」。私はいつまでも歌詞の一部を口ずさんでいた。

振り袖と節分

二十歳のリレー

女性にとって振り袖はどんな意味を持つのだろう。大人の証し？　成人式でほとんどが振り袖を着るのはそんな思いがあるからだろうか。

1993（平成5）年、看護師として病院に勤めていた長女の淑子が二十歳を迎えた。作業服だった私の成人式から23年の月日が流れていた。

淑子は最初、振り袖に興味を示さなかった。「着たい」とも「着たくない」とも言わない。しかし、私は淑子に振り袖を着せてやりたかった。レンタルでもいいが、できることなら仕立ててやりたかった。着物で変身する我が娘の晴れ姿を見たいだけでなく、振り袖を着る経験が淑子の内面に何かの変化を呼び込まないかという期待が湧き上がっていた。

娘を連れて地元や京都の呉服店を巡った。若々しいのがいいのか、しっとり抑え気味がいいのか、着物と帯の組み合わせは？ 着物に詳しくない私は正直、かなり迷った。友人、知人にもいろいろ尋ねた。多くの着物を見るうちに少しは目が肥えてきた。

思い切って黒地のしっとりした振り袖に決めた。それに合う帯も慎重に選んだ。帯締め、帯留め、足袋、バッグ、扇子……小物も一通りそろえた。仕上がった着物を着込んだ時、淑子は声を出して大喜びをした。子どもから大人へと移り変わる一人の女性が立ち上がっていた。

それから5年後、縁談が持ち上がり結納の儀式で淑子は再び、その着物を着て臨んだ。眩しいほどに輝いていた。


淑子の8歳下の博子が成人になったのは2001（平成13）年だった。「お姉ちゃんが着た着物を私も着たい」と言って同じ振り袖に手を通した。当時、博子は大学生。草津市の観光使節に選ばれ、さまざまなイベントに出演、ホールや野外の舞台に登場していた。

成人式でも舞台の上で活躍する仕事をこの振り袖姿で行った。

それから7年後、博子は自身の結婚式のお色直しにも同じ着物を着てくれた。披露宴の出席者にはわからなかったであろうが、家族だけが知っているそんな「着物物語」に私は感慨をひときわ大きくしていた。

振り袖の価格がいくらだったか、記憶はかなり薄れている。と言っても１００万円前後の費用はかかったであろう。しかし、2人の娘が着てくれたことでその値打ちはおつりが出たとさえ思っている。娘に託した自分の果たせなかった夢が実現し、これほどの満足感はなかった。


話にはまだ続きがあった。

姉妹2人が着た振り袖はしばらくタンスの中で眠りに入っていたが、3度目の出番が回ってきた。２０２０（令和2）年、淑子の長女毬衣《まりい》が、成人式で同じ振り袖を着たい、と言い出したのだ。今時の流行の柄でもなく、派手さもないのだが、母親の写真を見て惹かれたと言った。

毬衣は京都で成人式を迎え、神社でお参りする夢を実現させた。出来上がった写真を見て、彼女は幸福そうに笑った。

一枚の着物を巡る物語。作業服で成人式に臨み、果たせなかった振り袖への思いが「母から子」「姉から妹」「祖母から孫」と50年の歳月をつなぎ、大きな絆を生んだ。4人の孫のうち女の子は2人。次に成人式を迎えるのは博子の長女である。あと十数年後、成人式で同じ振り袖を着てくれるだろうか。

若い時は二度とやって来ない。一番輝ける時に最も輝く衣装を身にまとえる幸福とともに、目に見えない心の伝達、思いのリレーをかみしめてほしい。

華やかな衣装で喜びにあふれる娘や孫たちの顔を思い出しながら、それぞれの今後の幸せを祈らないではいられない。

節分の行事も定番に

1月の成人式が終わるとまもなく、2月の「節分」である。

私の幼い頃、この日になると台所から大豆のいい匂いが流れてきた。母がフライパンで大豆を炒る匂いだ。中間市の炭住生活の時から我が家に続く独自の節分セレモニーの始まりである。

夕飯が終わり、家族みんなが集まり話し合いが始まる。自分の一番弱い部分を口々にさらけ出すのである。「私はよく風邪をひく」「勉強を怠けている」……。自分を内省するひとときだ。内省が終わると今度はそれへの対処。家族1人ずつ庭に出て、鬼のお面をつける。そして「病気鬼出ていけ」「怠け鬼出てこい」など家族に言われながら、豆の襲撃を受けるのである。これを家族全員、交代でやり、弱い自分を退治してもらうというものだ。豆まきが終わると、自分の年齢の数だけ大豆を拾って食べる。10歳なら10個、34歳なら34個。子どもたちは少ししか食べられないので、もっと欲しいと駄々をこねたものである。

私はこの節分の行事を結婚してから滋賀県の家でも始めた。子育て中でも欠かさなかった。毎年続けるうちに芳賀家の定番として大事な行事となった。子どもも大人も楽しみにするようになった。

２０２１（令和３）年の節分は2月2日だった。太陽の公転が３６５日より少し長いため、その調整で立春が1日早くなり、節分も前倒しになったのである。1897（明治30）年以来124年ぶりという驚きの事実である。

我が家では2019（平成31）年に夫が亡くなったあとも、鬼の面を買ってきて、一彰と私の2人で豆をぶつけ合って行事を絶やさなかった。

嫁いでいった娘の淑子、博子も自分の家で、家族一緒に同じように豆まきをしているという。「鬼は外」「福は内」。これからも子ども、孫らの同じ声がそれぞれの家で響き、それぞれが幸福の花を開かせてほしいと思う。

エピローグ

1952（昭和27）年、祖父辰之助は、思わぬ事故に遭った。戦後のまだ落ち着かない世相の中、詳しい経緯はわからないがマムシに噛まれ、その毒が全身に回り、帰らぬ人になってしまった。5月29日のことである。

祖父が亡くなった時、私は2歳、何ひとつ思い出も、面影も残っていない。

祖母フクミはその後も大正炭鉱に居残った。祖母の思い出は数々ある。そば粥を作って食べさせてくれた。知り合いの農家に連れて行ってもらい、サヤエンドウをたくさん採らせていただいた。いずれも楽しい思い出である。春になり、このサヤエンドウを食べる頃、いつも懐かしく思ってしまう。

「花嫁」の2番の歌詞はこう続く。

♪小さな　カバンにつめた
花嫁衣裳は
ふるさとの　丘に咲いていた
野菊の花束
命かけて燃えた　恋が結ばれる
何もかも　捨てた花嫁
夜汽車にのって
夜汽車にのって……

10代で駆け落ちをした祖母がこの歌のように「野菊の花束」を花嫁衣裳にしていたのなら、それはそれでほほえましく、たのもしく、そして嬉しい。
その60年後、私は幸運にも角隠しの花嫁衣裳を着て夫のもとに嫁いだ。長女淑子、次女博子もそれぞれ伴侶を見つけ、花嫁衣裳を身に着けた。

何より嬉しかったのは、長女淑子の成人式の振り袖が次女博子、孫の毬衣に伝わり、次々と着てくれたことである。お金を出せば新しい着物は着られるだろうが、人の歴史と多くの思いが染みこんだ衣装は世界でたった一つしかない。

そのことをわかってくれた子どもと孫たち。祖父母に父母、義父母、兄弟、義兄弟姉妹、親戚、友人、知人……。自分を育ててくれた多くの出会いと脈々と続く命のつながりに思いを馳せないではいられない。そんな気持ちを胸に、これからもたくましく生きていきたいと思っている。

結びにかえて

「筑豊のことを書く」。それは大きな夢であった。

戦後のベビーブームの終盤、私は福岡県北部の遠賀川流域に広がる筑豊地方で生まれた。その頃、貧しい生活から豊かな生活を目指し、賃金の高い仕事に就きたいと筑豊には多くの労働者が石炭を掘りに集まった。各地に広がる炭鉱では掘れば掘るほど採取でき、石炭は「黒いダイヤ」ともてはやされた。街は活気に満ち、炭住のハモニカ長屋では大勢の仲間たちが家族を作り、愉快に楽しく生きていた。炭鉱の活況は、日本の戦後復興が高度経済成長へと豊かさを獲得するスピードに比例していた。

しかし「石炭から石油へ」という国のエネルギー政策転換で、あっという間にもろさを露呈した。「合理化」という名の首切りや賃金引き下げがすさまじい勢いで炭鉱を襲い、多くのヤマが閉山へと追いやられていった。

明るく笑顔の絶えなかった長屋の灯が消えていき、暗く辛い日々が続いた。そんな中で生まれ育った私は、この体験を残したく、2022（令和4）年1月に自分史『川筋を走り抜け――筑豊の女、淡海に生きる』を私家版にまとめたが、より広く伝えたいと思い、内容をコンパクトにし市販用に作り直した。

過去を振り返っていると節目、節目で母が大きな役割を担ってくれたことに感慨を新たにした。受験、仕事、子育て……私が困難に直面した時、どれだけ貴重な手助けをし、どれだけ的確な助言をしてくれたことかを改めて知った。母には、私が気づいていない「秘技」や「秘話」がまだまだあるのかもしれない。「母は偉大」。この言葉を改めてかみしめている。

筑豊に住んだのは高校時代までと、結婚する前の1年、合計19年間である。筑豊地方の中間市から淡海の国・滋賀県へ嫁ぎ、家族を作り子育てに奔走した。夫の死という辛い経験はあったものの、多くの教え子にも恵まれ、ともに生きた家族や支えてくれた親や兄弟、多くの友への感謝の気持ちは言葉で言い尽くせない。子から孫へ、そしてその先のまだ生まれていない多くの命へ、この本が、私の思い出とともに、生きた証としていつまでも残っていくことを念じてやみません。

２０２３年月１日10日

芳賀　町子

滋賀県近江八幡市野田町は秋になるとコスモス畑が一気にピンク色の絨毯になる。満開に咲いた花は息をのむ美しさ

（平成29年10月撮影）

著者プロフィール

芳賀　町子（はが　まちこ）

聖徳学園女子短期大学卒業、佛教大学通信教育課程修了。
保育所の保育士、幼稚園・公立小学校の教員として30年間勤める。
滋賀県在住。

著書
『走り抜けたパパ』（2020年3月30日）
『川筋を走り抜け――筑豊の女、淡海に生きる』（2022年1月10日）
共に私家版

遠賀川の流れ琵琶湖にそそぐ

2023年1月10日　初版第1刷発行

著　者　芳賀 町子
発行者　瓜谷 綱延
発行所　株式会社文芸社
〒160-0022　東京都新宿区新宿1－10－1
電話　03-5369-3060（代表）
03-5369-2299（販売）

印刷所　株式会社エーヴィスシステムズ

ISBN978-4-286-26064-8　JASRAC 出 2206531－201